阿乙作品评注

吴胜利 著

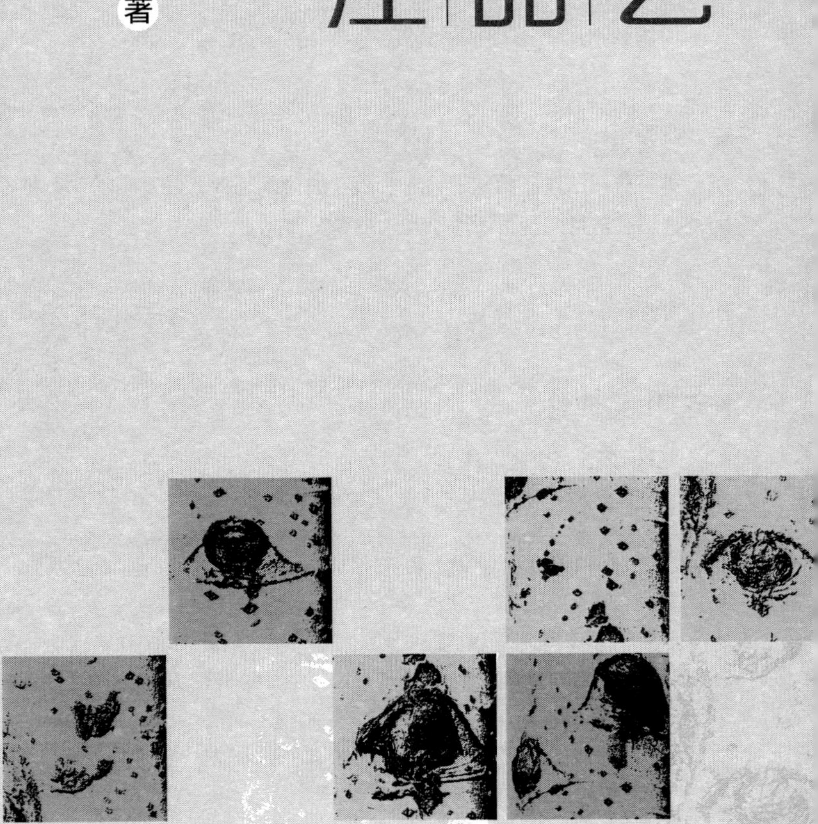

知识产权出版社
全国百佳图书出版单位
—北京—

图书在版编目（CIP）数据

阿乙作品评注 / 吴胜利著 .—北京 : 知识产权出版社 , 2020.4（2020.6 重印）
ISBN 978-7-5130-6767-6

Ⅰ.①阿… Ⅱ.①吴… Ⅲ.①阿乙—文学研究 Ⅳ.①I206.7

中国版本图书馆 CIP 数据核字（2020）第 022937 号

内容提要

本书从阿乙作品的叙事特点、蕴含的侦探元素，以及魔幻色彩等方面概述了阿乙作品的特色，以独特的视角评注了阿乙的相关作品。

责任编辑：高　源　　　　**责任印制**：孙婷婷

阿乙作品评注

AYI ZUOPIN PINGZHU

吴胜利　著

出版发行：知识产权出版社有限责任公司　　网　　址：http: //www.ipph.cn
　　http: //www.laichushu.com
电　　话：010-82004826
社　　址：北京市海淀区气象路 50 号院　　邮　　编：100081
责编电话：010-82000860 转 8701　　责编邮箱：laichushu@cnipr.com
发行电话：010-82000860 转 8101　　发行传真：010-82000893
印　　刷：北京中献拓方科技发展有限公司　　经　　销：各大网上书店、新华书店及相关专业书店
开　　本：787mm × 1092mm　1/32　　印　　张：6.5
版　　次：2020 年 4 月第 1 版　　印　　次：2020 年 6 月第 2 次印刷
字　　数：150 千字　　定　　价：48.00 元

ISBN 978-7-5130-6767-6

阿乙经历过个人情感的痛楚。他以历史的穿透感和现实的抽象，再现了一个“70 后”大学生眼中的世界；他以叛逆的方式、以自己的特立独行传递出这个世界的影像和声音。

目录
CONTENTS

第一章　研究背景

存在主义思潮对阿乙小说的影响是明显的。加缪认为，生活是荒谬的，当人提出为什么会这样的时候，就意识到荒谬的存在。人们寄希望于未来和世界，但是世界本身也是无意义的，荒谬就产生在这二者对立之上。《西西弗神话》里，西西弗受罚将石头推上山顶，然后石头滚落下来，西西弗再将其推上山顶。诸神认为是惩罚，而西西弗的行为恰恰是对这种荒谬惩罚的反抗。加缪认为荒谬一直存在，而活着本身正是人生的意义。阿乙小说对加缪的哲学思想进行了中国化的努力，在一个急剧变化的时代找到了这种思潮存在的土壤。

《“世界的一段盲肠”：从阿乙小说的起点谈起》[1]一文分析了阿乙作品的抽象性，即阿乙用几个敏锐的词汇概括了自己的作品对这个世界的认知——无聊、重复、秩序、圈套、囚徒[2]，甚至可以更简单点，那就是出生和死亡[3]。写作与谋生、记忆与疾病、现实与虚构这些关键词诠释了阿乙的经历。

---

❶ 方岩．“世界的一段盲肠”：从阿乙小说的起点谈起 [J]. 当代作家评论，2017（3）：178–184.

❷ 阿乙．下面，我该干些什么 [M]. 杭州：浙江文艺出版社，2012：92.

❸ 阿乙．下面，我该干些什么 [M]. 杭州：浙江文艺出版社，2012：112.

阿乙尊敬先锋作家格非，格非对阿乙有较大影响，他们都在乡村题材上写出了特色。在《〈相遇〉：文学的黄金时代——阿乙、冯唐、格非三人谈》[1]一文中，格非将自己定位为彻底的虚无主义者，而阿乙的作品也弥漫着虚无主义的情绪。格非非常崇拜的作家有托尔斯泰、霍桑、卡夫卡、博尔赫斯，阿乙熟读了这些作家的作品，从而受到影响。

《阿乙：我才忍受不了孤独》[2]一文提出，阿乙的作品没有太强烈的年代符号，乍读起来像 20 世纪 80 年代的作品。阿乙特别向往那个精神文学的时代。他做警察时在医院接触过将死之人，体验到濒死之人的凶残和没有信仰皈依的人临死前的恐惧。

《阿乙称文学最大的敌人是虚伪》[3]一文中阿乙谈自己 26 岁以前读《杂文选刊》《青年文摘》，后来觉得中文读物没有什么营养，解决不了自己的问题，就改读外国文学，除了上面提到的作家，他还读了加缪、昆德拉、福克纳、海明威等西方作家的作品。阿乙坦诚地告诉读者："文学最大的敌人就是虚伪，虚伪是文学走向堕落和腐化的必由之路。"

《阿乙谋杀系列小说写作特色探析》[4]一文认为，阿乙在以死亡和时间为主题进行有意识的创作。他向读者赤裸裸地呈现出长期被漠视的底层百姓的精神状态，将压抑、惊惧的审丑风格内化为自己创作的重要特点，其作品呈现了阴郁的现实主义。该文认

---

❶ 《相遇》：文学的黄金时代——阿乙、冯唐、格非三人谈 [J]. 译林，2014（3）：9–11.

❷ 李洱 . 阿乙：我才忍受不了孤独 [J]. 优雅（Grace），2014（1）.

❸ 阿乙称文学最大的敌人是虚伪 [N]. 长沙晚报，2012-03-28.

❹ 李延佳 . 阿乙谋杀系列小说写作特色探析 [J]. 无锡商业职业技术学院学报，2016（3）：105–108，106.

为阿乙小说的缺点是偏重过程和结局，但对人物的动机和情节的转折发掘不足。

《阿乙小说的死亡主题研究》[1]一文专门聚焦阿乙小说关于死亡的母题，全面审视、梳理并阐释这一母题。从死亡的主题出发，串联起死亡方式、死亡与疾病、死亡与性的关系来分析小说的审美价值，以挖掘阿乙更深层次的精神世界、阿乙小说的艺术价值和哲学深度，以及阿乙小说的哲学态度与西方存在主义思潮的吻合。柯卓越肯定了阿乙小说的阴暗、严肃、独立，但还是没有全面评注阿乙的绝大部分作品。他认为，阿乙从存在主义视角，有着对边缘人物生存困境的关注和对死亡的高度敏感。

此外，柯卓越也应用苏珊·桑塔格疾病的隐喻的理论来分析阿乙笔下人物，对患有的疾病进行分类，分析隐喻与人物的冲突，总结阿乙爱情小说的特点，即只要是性行为缺席的小说里，爱情都是以正面的、纯粹的、圣洁的形象出现在读者面前。这种无性之爱或虐恋，是阿乙对理想主义爱情的表达。该论文还评论了阿乙小说的暴力美学或变态美学，以对死亡的欣赏来消解死亡的暴力。阿乙笔下反复出现各种“丑”——尸体、残肢、器官、噩梦、痰、疤痕、酸臭的口气等。

超现实主义和表现主义都通过审丑来颠覆权力、权威和蒙昧主义，含有对社会虚伪反讽的味道。一旦意识到荒诞和孤独，而又找不到出路，悲剧或死亡就成为唯一的选择。阿乙创作的对象都是“被上帝抛弃的人”，他们共同的属性都是档案库里的凶手或死者，因此阿乙的悲剧都是行为上的悲剧，而不

[1] 柯卓越 . 阿乙小说的死亡主题研究 [D]. 南宁：广西师范学院，2015.

是性格或心理意义上的悲剧。人类恶的本质在于缺乏真实的身份和本质追求，不知道人为何物。和传统小说的死亡不同的是，阿乙小说中的死亡是小说的起点，而不是终点。死亡也不是目的，而是和凶器、尸体等死亡的符号一起，成为揭示人的存在的工具。

阿乙对周围的冷漠和疏离，既有自身历史的影响，也是自己受到加缪影响的结果。加缪喜欢跟底层人物交往，没有英雄情结、圣徒情感，他只想做一个人。加缪作品的基调就是冷漠、疏离，刻意不动感情，不属于某个团体，不关心公共事务，不关心政治[1]。这些基调都在阿乙作品中得到体现。阿乙小说中反复出现一种奇怪的现象，成为阿乙小说中的符号，如呕吐症状。《下面，我该干些什么》至少出现四次："我"杀了孔洁后颤抖着扶墙呕吐；"我"在逃亡火车上看到一邋遢的农民（也是逃犯）找地方呕吐；"我"在法庭接受审判时口述呕吐细节；审讯阶段老法医呕吐（先是检察官口述，然后是老法医自述）。《意外杀人事件》中出现：艾国柱厌烦小镇生活、打完牌后呕吐；同样厌恶小镇的何所长呕吐；李继锡杀完第三个混混狼狗后呕吐。《情人节爆炸案》中现场惨不忍睹，围观的群众小跑回家呕吐；一群人晚上陪老专家吃饭，看到老专家若无其事地大块吃肉，从副市长开始个个呕吐。阿乙从不掩饰自己的绝望和憎恨，反复出现的符号就表达了自己这种强烈的感情。

传统的儒家文化对自我的设计是服务于宗法秩序的，它是以父权为核心的，以宗法血缘为基底的文化：灌输责任和义务、无

---

[1] 郑超．被切割的欲望——阿乙的生死爱欲模式［J］．上海文化，2013（9）：36.

效的教育和等级观念[1]。阿乙小说的主角，大多是出身于小县城、小乡村的小人物，出走之后收获一身狼狈，由此折射底层民众的悲剧宿命[2]。《模范青年》中的周琪源一生为出走做准备，却因鼻咽癌死在小县城；《杨村的一则咒语》中的出走青年国峰回家当天死亡；《北范》中的书呆子范如意在县城考试失败，再到北京开学术会议被骗光积蓄，最后消失于山野；《再味》中的三表姐，八次高考失败，嫁给劳改释放的上海人，先发财后破产发疯；《巴赫》中的巴礼柯在县城虚度职业生涯，退休时为寻年轻时候的爱人出走；《火星》中的李爱民沦为欺骗小姐的混混，最后死于精神病的枪口下；等等。

《先知》与鲁迅的《狂人日记》存在诸多相似之处[3]，“狂人”与朱求是都是以“异端”和“疯子”的形象存在。“狂人”批判腐朽的封建礼教，朱求是鞭挞当代社会的无聊和荒诞，他们面对的都是一个病态的社会。他们不被社会所理解和容忍，结局都是悲催的。此外，这两部作品在叙事形式上也相似，都采用第一人称叙述，而日记体和书信在本质上是一致的，一个写给自己、一个写给别人，但是最终的读者是公开的。二者都是对社会底层的表达，都对时代脉搏有着独特的把握。

从整体来看，当前学术界对阿乙作品的研究存在以下问题：首先，不够全面。相对阿乙约 60 篇小说来说，还没有一部评论

---

[1] 林婷. 出走的“自我”——评阿乙的《模范青年》[J]. 老区建设，2014（20）：63-64.

[2] 陈婷. 论文学中的“出走”——以阿乙小说为例 [J]. 广东技术师范学院学报（社会科学版），2015（7）：27.

[3] 姜复宁. 新时期的“狂人”形象塑造——《先知》与《狂人日记》的比较分析 [J]. 重庆科技学院学报（社会科学版），2016（4）：65-66.

能够穷尽这些作品，因此需要一部作品对阿乙的作品作出全面评介。其次，已发表的对阿乙作品评论的视角有限。笔者在本书中将从叙事特点、侦探元素、乡村再现和魔幻色彩四个维度审视阿乙的作品，然后对其逐一评注，有助于读者从总体上把握阿乙作品的轮廓，从而进行深入探讨。

第二章　阿乙作品的叙事特点

一、爱伦·坡的美学影响

美国小说家爱伦·坡（1809—1849）（以下简称“坡”）作品的主题离不开美女与死亡、疯狂与暴力、恐怖与悬念，探讨的是理性与迷狂、梦境与清醒、现实与想象的边界。“坡似乎一直在探究着醒与梦，思与物，正常与变态的疆界，寻找着人内心最隐秘处的某种渴望突破和跨越分割这些领域的界限的冲动源头。”[1]这是潜藏在人类潜意识之中的所谓乖戾心理。人们从这样的行为中得到快感、一种无名的冲动。坡首创了心理恐怖小说。

少年时代的坡遭受过一次打击。1824 年，他的同学罗伯特·斯坦纳德的母亲年仅 31 岁就去世了。她端庄美丽，是坡心中美的标准。这种“失美之痛”交织着自己两岁时母亲去世的痛苦，外加后来他与养父决裂后的坎坷。坡的小说大致分为四类，即死亡恐怖小说、推理侦探小说、科学幻想小说和幽默讽刺小说[2]。前两类小说与阿乙有交集，都表现了阴郁恐怖、情节精巧，二人由此可以归类为审丑型作家，一个基调消沉、颓废、怪诞、

❶ 刘海平，王守仁．新编美国文学史（第一卷）[M]. 上海：上海外语教育出版社，2000：384.

❷ 爱伦·坡．爱伦·坡精品集 [M]. 曹明伦，译．合肥：安徽文艺出版社，1999：6.

悲观，一个充满虚无、羞辱、愤懑和绝望。某种程度上，阿乙继承了坡的创作风格，在作品中追求怪诞、离奇的神秘色彩。

有人说《厄舍古屋的倒塌》象征南方蓄奴制的必然崩溃或宇宙终将化为乌有，而阿乙的小说《先知》则讲述了这个世界的过程是冷漠空虚、毫无意义。如果说坡主要探究恐怖的根源，阿乙则呈现恐怖是存在的意义所在，世界本来就没有什么奥秘，奥秘完全是人类“杀时间”的方式罢了。当然，坡也有虚无主义的思想，其诗歌《帖木儿》揭示了对世俗功名的追求到头来终将是虚幻。坡的诗集《阿尔阿拉夫》表现了他独特的人生体验，精神上的孤独，对死亡的遇见，以及对理想之美的渴望。这些体验已经超越了他的时代。存在主义作家早已把孤独、死亡、逃避自我纳入创作的主题，在阿乙笔下这些主题读者不会感到陌生。

坡在 1831 年 4 月出版的《诗集》序言中阐述了他对诗的理解。诗与科学论文的区别在于诗的直接目的是获得快感，而不是追求真理；诗与小说的区别在于诗的目的是获得含混的快感而不是明确的快感。小说赋予可感知的意象以明确的情绪，而诗所赋予的是不明确的情绪。音乐是不确定的，思想是确定的，所以诗歌需要音乐，坡的诗歌追求音乐和思想的结合，把读者引入对死亡和毁灭的冥想和体验中。阿乙在《寡人》的“作品的起源”[1]中谈到《发光的小红》素材的来源。他创作的灵感最早是从博尔赫斯谈论爱伦·坡的经典诗歌《乌鸦》的创作方法中获得的。

1845 年，坡的作品《乌鸦及其他诗》(《乌鸦》) 出版了，在序言中他强调诗并非一个目的，而是一种激情。这种激情应该受到尊重，不可能为了微不足道的报偿或赞赏而被随意唤起。《乌

---

[1] 阿乙. 寡人 [M]. 重庆：重庆大学出版社，2011：6-7.

鸦》这首诗可谓坡诗歌理论最全面的表现，坡认为最富有诗意的是“美女之夭亡和失美之哀伤”。坡的创作来自于他的诗歌创作理论，一字一句都应当具有一定的统一效果，文章的每一个细节都指向这个统一的效果，然后整体的作品才会产生震撼的效果。为了效果的统一性，一部作品必须能够一次性读完，所以他只写了 108 行。他还创造了独特的诗节、情节和意象，使乌鸦的象征与寓意相互强化，并在整体阴郁的基调下达到高潮。有趣的是，阿乙也写过一首同名诗歌《乌鸦》（收录在《阳光猛烈，万物显形》中），乌鸦是死亡的象征，表达了作者对死亡的忧虑。

坡的作品形式精美、制作精良，评论家把他归入浪漫派、哥特派、颓废派、象征派和唯美主义派。坡的艺术主张就是写“纯小说”“纯诗歌”，他认为艺术就是创造美，美是艺术的基调和本质，艺术的本源是人类对美的渴望。在《诗歌原理》第 14 段，他提到对美的追求是对天国之美的一种疯狂追求。在他的《我发现了》扉页上，坡认为宇宙是由一个作为精神存在的上帝从虚无中创造的，可见他接受了当时美国超验主义的一些思想，即上帝存在于万物，万物具有原始的统一性，统一于上帝。万物生灭的过程正是美的呈现，只有窥见了这一毁灭的光芒才能体验上帝的存在。对生命的消殒，阿乙也归为“上帝之吻”，继而发出唯美主义的哀叹。

英国已故作家安妮塔·布鲁克纳在她的小说《天意》中借人物拉尔特之口说“存在主义是一种浪漫主义现象”[1]。浪漫主义者有一种道德尴尬的困境，这在坡身上如此，阿乙也不例外。阿乙

[1] 安妮塔·布鲁克纳．天意 [M]．锡兵，译．北京：作家出版社，2016：48.

的作品在语言上有着坡的简洁、凝练，描写上注重营造阴暗的氛围。阿乙笔下的犯罪与传统的谋杀、为非作歹、巧取豪夺、背信弃义不同，他描写的凶手带有对整个人类传统哲学认知颠覆的特点，是人物对自己存在困境“顿悟”后的一种偏执式的绝望表达。

阿乙坚持自己的纯文学叙事，具有坡的唯美主义倾向，兼具自己独有的特点。作为一名先锋派作家，阿乙的叙事框架是清晰的，叙事方法和哲学思想都能找到源头，并非晦涩难懂。阿乙是当今全球化背景下，一个来自偏僻小城的知识青年。他的暗恋是偏执、荒诞的产物，与不存在的爱情纠结了八年时间，为此他写尽了自己的孤独与怨恨，把自己炼成了一个作家。

二、意识流手法的广泛应用

爱尔兰作家詹姆斯·乔伊斯是20世纪意识流小说的大师，他的意识流写作受到当时法国自然主义、象征主义、唯美主义、柏格森直觉主义及弗洛伊德、荣格的现代心理学的影响，代表了这一文学流派的巅峰，是举世公认的意识流文学大师。他注重揭示人物的精神世界，发掘人的意识领域，以微观来展示宏观，由里及表，让读者直接进入人物的内心世界。西方评论界将乔伊斯的《尤利西斯》（1914）和美国作家弗拉基米尔·纳博科夫的《洛丽塔》（1955）并称为对20世纪英语语言做出重大贡献的两部小说。纳博科夫被视为“黑色幽默”大师和后现代小说的先驱，回忆与性欲、艺术与疯癫彼此交缠，几乎贯穿在他的每一部作品当中。

乔伊斯在《尤》[1]中塑造了三个典型形象。布鲁姆怯懦软弱、

---

[1] 如果在同一章节第二次出现同一个书名，第二次使用该书名的第一个字加书名号代指这本书，后文同。

庸碌无为、安于现状。布鲁姆既不是一个正面人物，也不是一个反面人物，体现的是现代人的特点，不乏善良之举，但是至善又不能，也绝不是一个恶棍。

斯蒂芬则是一个愤世嫉俗的虚无主义者，优柔寡断、焦虑阴郁，同时他又具有艺术家的气质，眼光敏锐、情感脆弱。恋母情结使他对父亲怀有愧疚之心。为了得到父亲的谅解，他拒绝了母亲临终前要他皈依宗教的要求，但他并未得到父亲的谅解，最后在布鲁姆那里找到了父爱。他既痛恨爱尔兰的统治阶级，又不赞同人民争取民族解放的暴力革命，在异化的分裂面前他无法安身、焦虑无助，无奈的选择就是自我放逐、四处流浪，代表了现代人的一种存在主义的困境。

《尤》在人物、情节、结构方面与《奥德赛》对应，既有历史的深度，又有对当下的投射。《奥德赛》的英文名称就是尤利西斯——一位古希腊英雄，在海上漂泊 10 年，历尽沧桑最后返回家乡。现代的无所事事、百无聊赖的小市民布鲁姆、斯蒂芬等都是英雄的后裔，是当代的“尤利西斯”，具有反讽意味的是，现代的已经是反英雄了。奥德赛历尽艰辛回到家乡勇敢地射杀了那些向他妻子求婚的无耻之徒，但是布鲁姆却不敢，只能蜷缩在小酒店里痛苦地想象妻子不忠的画面。奥德赛的儿子忒勒马科斯冷静勇敢、务实乐观，而斯蒂芬空虚无聊，在酗酒、嫖妓、斗殴中寻找刺激，陷入彻底的虚无主义和冥思苦想的泥潭。《奥德赛》是一部人类的神话史诗，而《尤》则是一部西方社会精神崩溃的现代史诗。

乔伊斯用独特的手法向读者揭示了人物飘忽不定的意识和光怪陆离的心理变幻，全面展示了现代主义荒原之下人的严重的异化感，使这部小说成为西方现代主义意识的一个缩影和文学再现。作品通过人物交叉的意识流，展示的是庸俗无聊的现代生活，表现了西方现代人的孤独绝望和沉沦衰亡。乔伊斯还在作品中大量采用了闪回插叙、平行与对比、梦境和幻觉、形象和语言的重复、交错，以及双关语、反语、象征、暗示等艺术手法。最后一章长达四五十页不断行、不带标点符号的意识流，成为意识流片段最为典型的形式，后来被意识流作家争相模仿。乔伊斯在小说中展示了地狱般可怕的虚无主义，没有任何的愉快和信心，只有糅合了恐怖、灰暗和颤抖的阴郁画卷。而令人费解、晦涩难懂又是意识流另外一个重要特征，向读者展示现象而非本质，从阿乙的艺术世界里我们可以看到乔伊斯的影子。

小说《鸟 看见我了》在叙事形式上借鉴了美国意识流文字代表人物威廉·福克纳的《喧哗与骚动》。《喧》是一部纯意识流小说，一问世即受到评论界的一致赞赏，福克纳由此脱颖而出，正式登上文坛。1946 年，《袖珍本福克纳文集》的出版在西方刮起了“福克纳热”，萨特、加缪等法国文学界大师都对具有现代主义意识的福克纳表达敬意。1950 年，福克纳获得诺贝尔文学奖。

福克纳的小说叙述了一个美国南方没落地主几十年的兴衰沉浮的家族悲剧。福克纳采用多视角的叙述方式，四次变换叙述视角，线索无序、零散，有关康普生家族的资料，基本再现了小说故事的内容，但是这些线索散置在各个部分，同一个故事从四个角度描述，得出了不同的价值判断，反映了人物的差异，进而引起不同层次读者的思考和判断；视角理性的递增性，从班吉的白痴视角、昆丁的绝望视角，再到杰生的商人精明的视角，到最后第三人称提供某种客观性，这种客观性建立在对迪尔西的精神赞赏的基础之上。四个人物的主观性是有梯度的从彻底的混沌迷离到渐趋明朗，既然迪尔西也是有局限性的，所以故事的最终仍然呈现出不确定性、多义性和开放性，没有所谓的事实和真理。

福克纳采用多维时空来创新自己的叙述结构，意识流的时空在过去和当下零碎式的跳跃看似混乱，但是故事总体又框定在三天的当下时间之内，当下时间很短，闪回过去的历史时间是几十年的家族变迁史。物是人非，由物扩散到不同的历史时刻和体验，将过去与现在融为一体，使作品显得万花筒般杂乱和重叠。在确定的简单时间段内实现向无限过去的挖掘，这是意识流文本叙事的特点。

美国诗人、小说家康拉德·艾肯这样评价《喧》：“这部小说有坚实的四个乐章的交响乐结构，也许要算福克纳全部作品中制作得最精美的一本，是一本詹姆士喜欢称作‘创作艺术’的毋庸置疑的杰作。错综复杂的结构衔接得天衣无缝，这是小说家奉为圭臬的小说——它本身就是一部完整的创作技巧的教科书。”[1] 作为意识流小说的大师，福克纳是将国际化的因素与他的乡土化情节结合得最好的现代主义作家之一。

阿乙的《鸟 看见我了》同样应用了这个创作手法：一个故事的三个版本，而且也首先采用一个傻子叙述者。不同的是，阿乙没有采用第三人称叙述者。小说分别由故事中的三个人物高纪元、张峰和单德兴分别以第一人称自述自己的故事，三个部分合在一起展示了民警张峰抓捕杀人犯单德兴的故事。

[1] 崔雅萍．意识流小说（上）[M]. 长春：吉林大学出版社，2011：67.

第三章 阿乙作品的侦探元素

一、侦探小说及其叙事结构

欧美工业革命为侦探方式的变革奠定了科学、技术基础。1834年，第一家私人侦探事务所在法国巴黎建立，侦探小说借助出版业的繁荣而兴起❶。动词“侦探”（detect）源于拉丁文前缀detect-、动词detegere，起初的意思是“暴露”，后来引申为“暴露某人或某事的实际或隐蔽的性质”❷。据此派生出的名词detective是19世纪中期出现的，是“侦探警察”（detective policeman）的简约形式❸。广义的“神秘小说”指一桩神秘事件的故事，它包括6种类别：侦探小说、哥特小说（the gothic novel）、冒险小说（the story of strange or frightening adventure）、悬念小说（the suspense novel）、间谍小说（the tale of espionage）。狭义的“神秘小说”（mysteries或the mystery story）是“犯罪小说”（the crime fiction）、“推理小说”（tales of ratiocination）与“侦探小说”的混合体。狭义的犯罪小说是指仅有犯罪活动而无侦探活动的小说，

---

❶ 班柏. 民国期间的侦探小说期刊群[J]. 中国出版，2014（14）：67-71.

❷ 袁洪庚. 现代英美侦探小说起源及演变研究[J]. 国外文学，2005，25（4）：61.

❸ 同❷。

狭义的侦探小说是以描述侦探活动为主的小说。本章探讨的侦探小说是宽泛意义上的概念，包含了以上讨论的所有类型。

本雅明认为，侦探小说的发展起源于19世纪初对都市生活的不安和威胁感逐渐加强。福柯把侦探小说的问世归结为“权力关系的改变”，其实质是一场司法制度的变革，权力以程序正义来增强自身的合法性。1841年，爱伦·坡开始了侦探小说的创作，他一生只写了5部侦探小说，但是却建立起日后侦探小说的叙事结构，特别是“业余侦探小说”（amateur sleuth）所必需的基本套路：凶杀、悬念、无能的警察和故弄玄虚的警察（也即侦探主人公，带领解谜活动）、丝丝入扣的回溯推理、出人意料的结局，以及内聚焦的特别是以“旁观者”为特征的叙述视角[1]。爱伦·坡也确立了日后侦探小说最为经典的三大情节模式——“密室杀人”“失踪之人”“失踪之物”。

后经阿瑟·柯南·道尔、阿茄莎·克里斯蒂、雷蒙德·钱德勒、但舍尔·哈密特等人的不断创新，侦探小说的情节模式稳定在六个环节：介绍侦探、犯罪线索、调查案件、破案、解释破案和结局。从20世纪二三十年代蓬勃发展到21世纪的今天，传统侦探小说，以及它的种种变体，如硬汉小说（the hardboiled，hard-boiled 原指煮得较老的鸡蛋，这类小说情节中穿插了不少惊险刺激的“动作”，侦探常常置身危险之中，被对方打得鼻青脸肿，有的甚至几乎丧命）、警察小说（the police procedure）、间谍小说（the spy story），每年占据欧美小说类书籍销售的四分之一以上[2]。

---

❶ 付景川，苏加宁．城市、媒体与“异托邦”——爱伦·坡侦探小说的空间叙事研究［J］．北方论丛，2016（4）：32.

❷ 任翔．后现代主义文学的一朵奇葩——略论反侦探小说［J］．东南学术，2002（6）：135–140.

侦探小说是工业化文明的一部分，起于神秘、终于逻辑推理这一理性的发展，最后变成大众文化的一部分，经久不衰。侦探小说的魅力就在于对种种有悖常理、诡异现象做出了合理的解释，这是人类天才的展示：刨根问底的好奇之心。侦探小说主旨是讲述犯罪与侦破的故事，追查犯罪线索、揭开犯罪者之谜，展示一个真实的世界。如福尔摩斯所言，传统侦探是逻辑学家，只要窥见其中一环，整个案件就了如指掌。英雄式侦探的杰出代表有拉宾、福尔摩斯、波洛等。传统侦探小说注重逻辑结构，而神秘小说、犯罪小说、暴露小说则没有这样的要求。

许多结构的、玄学的、反侦探的所谓“侦探小说”被贴上“后现代”的标签，称为“后现代侦探小说”（postmodern detective fiction），以与传统的侦探小说相区别[1]。其中反侦探小说（metaphysical detective fiction 或 anti-detective fiction 或 postmodern mystery，也称直觉主义的侦探小说，和写实主义的小说派别相对）就是后现代的一支，反侦探小说的创作也是建立在对传统侦探小说叙事理论的颠覆和反叛之上。它所关注的不再是具体的虚构的外部世界，而是小说写作本身，带有元小说的性质。这些小说往往摒弃传统的一元思维、线性思维，往往突出对历史“真相”的消解，小说的虚构世界变得不确定。博尔赫斯、马尔克斯、罗伯·格里耶、纳博科夫、福尔斯等人都涉足此类，借助奇特怪异的素材，打破传统严谨的逻辑结构，聚焦血肉鲜活的人物，展示其不可理喻的性情。

博尔赫斯的侦探小说《多岔口花园》的创新技巧包括情节

---

[1] 王一平. 后现代侦探小说对“谜”的借用和疏离——以《纽约三部曲》为例 [J]. 西南民族大学学报（社会科学版），2011，32（3）：178–182.

的跳跃、大量的心理刻画、形而上的描述、放荡不羁的臆想。那些辩驳看起来似是而非，有些细节自相矛盾，有时突兀玄空，有时出乎意料，有时让读者感觉到一种偏见和虚无。卡夫卡的《审判》的主题就是反映法律的荒诞。代表正义的法律本身就是罪恶，主人公一夜之间成为罪人，罪与罚之间不存在因果关系，传统的逻辑被颠覆，法律的权威被解构。陀思妥耶夫斯基的《罪与罚》超出法律之外，从社会各个层面对人的存在进行聚焦，展示存在背后的整体环境。后现代文学的建基就是一个互文性的文学世界，故事总是被不断反复讲述，故事的世界中还是那样的人、那样的物，他们日复一日重复着昨天的故事。后现代文学没有故事才是最大的故事，没有意义才是故事的最大意义，从而彻底颠覆了传统文学的浪漫与幻想。

晚清梁启超开启了小说界革命，引进了政治小说、侦探小说和科学小说。1905 年，《大清律例》废除剐刑、斩首、纹脸等酷刑。民国时期，警察制度设立。施蛰存、刘呐鸥、穆时英等人高度西化的现代主义、准后现代主义作品对之后的作家带来影响。中国直到 20 世纪初才有西方意义上的侦探小说，如程小青的《霍桑探案集》，但基本是对西方同类作品的模仿。时逢中华民族救亡图存的社会需求，“五四”以来主流文学对侦探小说拒斥，作为娱乐性的、避世的侦探小说在 1949 年后几乎绝迹，取而代之的是间谍小说、肃反小说、公安文学（警察文学、法制文学），直到 1985 年前后先锋文学的涌现，这个题材才蓬勃发展起来。20 世纪八九十年代，后现代主义理论在西方渐渐暗淡，却在中国风起云涌，一批先锋派作家诞生，如余华、王朔、叶兆言、苏童、格非等。

传统的侦探小说利用读者的好奇心，运用逻辑的、辩证的、综合的思维方法，使读者和作者处在一个公平的通道上揭开谜团，是人类理性的完美代表。托多洛夫指出，阅读过程与侦探工作具有相似性，他将二者的关系表述为“作者：读者 = 罪犯：侦探”。这个根本原则可以保证理想的读者揭开谜团。后现代侦探小说对经典侦探小说的叙事理论进了解构，解构传统侦探小说的完整性和封闭性。比如，对“谜”的破坏，将传统的解谜过程拆解得支离破碎，直到故事落入荒诞悖论的不确定世界。其对传统侦探所具有的纯粹的理性产生深刻的怀疑，一旦理性打破，主体变得支离破碎，再也找不到可以依靠的统一性和确定性，由此进入无休无止的游戏状态。

后现代侦探都是以积极的侦探活动开始，以失去目标的漫游状态告终。后现代侦探小说家认为自己根本不需要为这个世界本身的不确定乃至荒诞负责，强调文本的多义性，没有所谓的谜底。它表达了后现代的语言观和文学观，借助传统侦探小说的解谜程式，攻击了其不可靠性，以此消解理性之权威，实现从现代到后现代，小说风格从严肃教谕向戏谑反讽的转变，再现后现代社会中主体的分裂破碎，核心是发出对人的存在的终极之问。通过对后现代大师的模仿和自己的实验相结合，最终达到建构自己的纯文学殿堂，这正是阿乙走出的一条清晰的文学道路。

有论者认为，妄想或偏执狂与精神分裂症分别是现代主义与后现代主义的特征之一[1]。阿乙笔下的人物常患有偏执性精神病和精神分裂症，这样的凶手在客观上不符合侦探小说逻辑的结局的出现。工业革命的迅猛扩张，乡村被挤压得变了形，田园风光荡

[1] Ihab Hassan. The Postmodern Turn: Essays in Postmodern Theory and Culture[M].Ohio: Ohio UP.1987: 92.

然无存。过去城市是犯罪的天堂，但是在阿乙笔下，乡村也逐步蜕变为犯罪的沃土。艾国柱被分配到“世界的尽头”，洪一乡就是时代乡村的一个缩影。

二、阿乙小说侦探元素分析

出版商们把阿乙的小说归类为侦探悬疑犯罪推理类型，主要是因为阿乙的小说表现了厚重的侦探小说的元素，这是阿乙对前辈的继承，又是阿乙在这个领域的创新，是新时代作家的书写。阿乙跟爱伦·坡表现了多处的共同特点：爱伦·坡做过多年的报刊编辑，并且是唯美派的杰出代表，“为艺术而艺术”，当然爱伦·坡在侦探小说上也取得了辉煌的成就。阿乙的侦探小说以小县城的背景为基调。经济发展滞后，人们普遍感到一种生活的撕裂，手中干着乡村的事，心里想着的却是外面的世界。乡村的身份认同出现危机，找不到归属感。在一个急剧变化的年代，许多人都有重新选择身份和生活方式的可能。传统力量的减弱，带来个体的原子化生存状态，出走之后不得不生活在大量的陌生群体之中。阿乙的小说不具有侦探小说的浪漫主义性质，它展示的是一种现实，让读者经历一场旅行。

（一）《下面，我该干些什么》

该小说具有侦探小说的一些元素，凶杀、悬念、警察追踪、推理、出人意料的结局，有内聚焦的叙述视角。今天的读者不再满足于福尔摩斯的“代言人”华生医生（对案件的描述和交代），也不满足于福尔摩斯作为侦探的叙述。第三人称的客观叙述常被第一人称叙述取代，叙述者就是凶犯本人，一开始就展示犯罪的过程，制造一种悬念，那就是“我”作案的动机是什么。

这个案子的“悬念”不同于传统侦探小说的悬念，凶手一开始就暴露给读者，但是不等于没有悬念，这个悬念就是凶手残忍的诉求是什么。他在逃亡的火车上躲进卫生间，没有引起警方的怀疑，一个老人却吸引了警方的所有注意力。在利民旅社，警方对他的抓捕也是心不在焉，居然让他从窗户里跳楼翻墙跑了。作品对传统侦探模式的一个颠覆就是——没有英雄侦探。

故事只有一个，开始就讲述了，而“话语”则属于言说的主体，话语是一种权力，代表对“真相”的书写的权力。围绕“我”的杀人动机，庭审内外展开了争论：审判人员想知道；牢头用暴力逼迫“我”回答；教育学会副会长给出了他的解释；母亲和律师也给“我”设计了一种可以减刑的答案，这些身份都拥有对“我”宰制的权力。阿乙采用这种叙述方式，就是作者让人物处在文本中的平等地位，都来展示自己的故事和逻辑，来揭示这个世界存在的真实性。“存在先于本质”，每一方都振振有词，富有理想和逻辑，但是谁都无法理解对方，都视对方为谬论的存在，结果“本质”已经脱离了案件本身，回到社会的存在。

最后，“我”陈述的时候给法庭在场的所有人当头一棒，超出他们所有人的想象。“我”作案根本就没有原因，最初为这件事制订的计划，只有四句话——目的：充实（有刺激）；方式：逃亡；手段：杀人；资金：一万。这就是他的遗书的全部。他说，在人类的历史上存在过这样一个人——他要的就是颠覆，他以“上帝之手”在设计侦探的抓捕，告诉他们一种新的犯罪的存在。

“我”对案件的“书写”带有“元小说”的戏仿特征，这是在作家笔下的一个“神”一样的荒唐存在。凶手不仅仅要打败侦探，而且让侦探感到羞辱、愤怒，在挑战他们的极限中，他真正感到这个世界的单调、乏味，他才会满意地走向“永生”。阿乙展示的就是一个逻辑清晰、理性敏感的精神分裂的现代人，他的小说带有一定的反侦探小说的色彩。

（二）《小人》

传统侦探小说的基本结构是“犯罪—探罪—罚罪”，体现现代社会所追求的公平、正义，所描写的罪犯狡诈、机警、诡计多端，犯罪不留痕迹，不引人怀疑。凶手与侦探之间的较量是构成小说冲突的基本形式。但是在阿乙的笔下，这一结构遭到了解构：侦探显得被动、愚钝、无能；而相对应的是真正的罪犯同样毫无新奇之处：他们狠毒、蠢笨，毫无技巧，但是却能够逃脱惩罚。“冯伯韬”就是这样一个逍遥法外的小人，这一形象颠覆了传统侦探小说的主题模式。侦探小说总是以所谓的事实为依据，法律为准绳。惩恶扬善，正义必将战胜邪恶是传统侦探小说所弘扬的主题，这一主题也吻合了读者的期待视野。[1]而阿乙打破了善恶二元对立的美学原则，坏人未必就有恶报，好人未必就有善报。

（三）《情人节爆炸案》

侦探小说有一些固定的角色：侦探（警察）、受害人、凶手（疑犯）。每一个成功的侦探都是汇集诸多“特质”的集合体，他们必定有自己与众不同的地方，可能还有一些令人好奇的嗜好或怪癖。他们必定形象鲜明，从外貌到性格、行为都独具特点，所以才有看点，吸引读者[2]，如杜宾的“边缘性”、福尔摩斯的专业、

---

❶ 朱全定 . 中国侦探小说的叙事视角与媒介传播［D］. 苏州：苏州大学，2015：6.

❷ 李孟媛 . 欧美侦探小说的叙事学研究［D］. 苏州：苏州大学，2005：33–34.

陈查理的幽默、波洛的鸡蛋形脑袋等。

《情》描述了一位高超的刑侦专家张其翼与“我”在案件的破解过程中戏仿了柯南·道尔笔下的“福尔摩斯—华生”模式。但是在阿乙笔下，主、辅消弭了界限，张其翼只是个刑侦专家，貌似是辅助，但是他的技术却是至关重要的。“我”是负责办案的民警，是主要角色，却在作用上显得次要。张其翼显得高明，“我”显得庸常。但从另一方面看，张其翼也显得平庸，“我”却体现了对人存在的顿悟。小说最后“正—误”难分，已经脱离了道德的是非之争。

以分析、推演能力为代表的理性精神在张其翼身上变成了一种毁灭性的力量。作为社会秩序的维护者，张其翼看穿了案件所反映的社会的疾病，他在解开社会的裂缝的同时，成为悲剧式的英雄，他工作的繁忙和成功只能证明永无止境的悲催的现实。

（四）《鸟 看见我了》

阿乙在《鸟 看见我了》中继续他的写作风格：精练的语言、精准的节奏、缜密的细节，营造出一个逼真的犯罪的小世界。但这不仅是部侦探小说，也不仅是部心理小说，它以“犯罪—破案”为线索和表象，来探讨罪犯人性的深层次的问题，即一个人是如何被自己打败的。关注人的意识和内心是现代和后现代文学的母题之一。萨特说“他人即地狱”。在主人公单德兴眼里，受害人火香就是物的存在。单德兴说他跟鸟儿有仇，因为鸟儿看见了他在犯罪。在那只虚构的“看见我了的鸟”眼中，单德兴也变成物的存在，这样单德兴实际变成自己的凶手，以另一种方式结束了自己的生命。

（五）《永生之城》

任何小说文体都面临不断创新的挑战，侦探小说也一样，经典的叙事结构令读者产生疲劳的时候，侦探小说就面临这种危机。它需要新的技巧来注入新的活力，反侦探小说应运而生。反侦探小说不再相信逻辑推理，不再崇尚理性的力量。小说聚焦的目标不再是抓到最后的凶手，或者说不再关注谁是凶手，而是会问：为什么会这样？理性不再能回答这些问题，理性已经扭曲了真相。小说着力表现人在荒诞现实的悲剧处境和悲剧事件里的荒诞的存在，人物落入虚空之中，正义不再有结果。传统侦探小说通过拖延揭示凶手是谁来制造悬念，但是《永》的结尾是开放的，并没有给出确定的答案，使用的是一个读者召唤的结构。

这种开放性结尾反映阿乙小说的反侦探特征，注入一种神秘的元素，直觉证明是错误，现场结果是神秘的。这是现代侦探小说的一个特征，即保持故事的神秘性，将神秘作为文学的一种历史叙事形式。阿乙的神秘性不同于传统侦探小说探讨的“神秘—解密”图示，他的神秘就是故事的原因和结果的误解，只有线索，没有答案。

故事一共有 21 节，每节的编号告诉读者故事无论从头向尾看，还是从尾向头看都是可以的，能获得不同的体验。开头是李伟被捕，结尾是李伟被释放，双向阅读都聚焦李伟的“有罪”还是“无罪”，阅读的位置不同，引出的疑问就不同。看似理性的叙述之后存在着众多人物人性的不可测性，使得追求真相的结果遥遥无期，各个人物的表演偏离了对真相的追求，反映了更深层次的故事。

（六）《早上九点叫醒我》

传统侦探小说强调侦探与罪犯之间类似猫与老鼠的追逐与逃逸，二者之间是根本对立的关系。侦探是这个社会秩序的维护者，是秩序和理性的捍卫者。而案犯与之相反，是社会秩序的破坏者，是谴责和警示的对象。但是在阿乙笔下，侦探的角色被淡化，变得可有可无。这类犯罪完全超出了常规的价值判断，侦探的作用已经空前弱化，突出的是犯罪分子的作为和思想，凶手正是在理性的工具下实施对秩序的颠覆。

这种反侦探小说甚至不需要侦探，其聚焦凶手的内心世界，不给读者一个满意的结局和解释，而是让读者进入一种混沌的状态，让读者对自己的存在产生与常规不同的认知和反思。

阿乙的小说在虚无主义的外衣下看似对现实冷漠无情，其实是敏感地捕捉到社会的裂缝，全面、真实地再现乡村社会发生裂变的风貌，重在引发读者对当下个体社会存在的思考。

（七）《一件没有侦破的案子》

《一件没有侦破的案子》也是一篇带有反侦探小说元素的小说。这里警察是个清醒的糊涂人，清醒是指他看到了国企的混乱和腐败；糊涂表现在他对案件的沉重无能为力，只好自己掏钱了事。整个案件显得荒唐、可笑。

（八）《五百万汉字》

这部小说的灵感很可能来自博尔赫斯的《多岔口花园》。《多岔口花园》是侦探小说，更准确地说是惊险间谍小说，反映的是作者本人对时间的哲学思考：时间的本质是永恒分岔。青岛大学的前英语教师余准博士是第一次世界大战时期德国的间谍。他在面临英国上尉的追捕时万分危急。为了将一个应该攻击的城市的名字告知德国，他从电话簿中找到一个人名斯蒂芬·艾伯特，他的名字正好与那座城市的名字一致。在余准被捕前，他把汉学家斯蒂芬·艾伯特杀害。报纸上对这一事件的报道最终帮助余准把这个情报传递给德国。汉学家斯蒂芬·艾伯特在生前曾对余准的曾祖父彭最进行研究，他最终以一个英国人的身份揭开了一位中国古人的思想奥秘——时间的本质是永恒分岔的，而结局是他被彭最的曾孙杀害。

《五百万汉字》也是通过报纸这一现代传媒，显示间谍的独具匠心。侦探被间谍设计了，他落入了间谍的圈套，被捕的间谍命运发生扭转。间谍虽然死了，但是使命完成了。两则故事表达的存在主义主题是一致的，存在具有偶然性和荒诞性，人在命运面前具有选择的绝对自由，因而也就建构了自己生命的所谓意义。这部侦探小说的创作技巧和方法与《多岔口花园》是有着很强的相似性的，或者说阿乙的创作带有明显的实验痕迹。

第四章　阿乙作品的乡村再现

20 世纪 80 年代以来中国发生巨大变迁，从一个传统的农业大国向一个现代的、流动的市场经济国家转变，特别是 21 世纪以来的工业化和城市化浪潮所带来的沧桑巨变，极大地改变了中国的面貌和中国人的心理。

中国具有几千年的文化传统，悠久的历史文化积淀使得整个社会具有浓厚的伦理和道德意识。父权宰制，曾经是封建专制主义的一部分，造成代际心理层面的断裂，再叠加工业社会的弊端，使孤独成为时代的客观存在。事实上，孤独的主题是人类的永恒话题，特别是进入 20 世纪，人与自然、人与社会、人与人及人与自我之间的冲突不断加剧。从里尔克、卡夫卡、加缪、海明威到马尔克斯都在作品中把孤独作为一个主题突出出来，成为存在主义的一个重要方面，从个人、家族、民族到整个人类社会，进而上升到人类的本质属性。

孙立平认为，在"市场主导型的二元结构"[1]时代，城市与农村之间的联系越来越少，城市对农村的依赖在降低，对国际市场的依赖越来越强，并逐渐与国际市场形成一个体系。20 世纪 80 年代早期，农村外出劳动力不到 200 万人[2]，中国的民工潮开始

[1] 孙立平．关注 90 年代中期以来中国社会的新变化［J］．社会科学论坛，2004（1）．

[2] 李实，邢春冰，等．农民工与城镇流动人口经济状况分析［M］．北京：中国工人出版社，2016：47.

于20世纪80年代中后期。20世纪90年代，中国朝“世界工厂”的目标迈进，农民工的大规模迁徙成为轰动世界的景象，阿乙属于这一时期的进城打工仔。20世纪90年代以后中国经济大发展，年轻人纷纷去都市打拼。城市的异质性，使劳动者变成一个个孤零零的个体。

2000年，农民工数量达到7600万[1]，到2001年中国加入世界贸易组织之后，“世界工厂”的地位正式确立，形成新一波的城市化浪潮。2011年，农民工达到1.59亿人[2]。在文学领域，乡下人进城、底层文学、打工文学构成一道道风景线。20世纪80年代是“有计划的市场经济”，是一个充满生机的时代，个体户和乡镇企业蓬勃发展，家家奔小康。到了20世纪90年代，市场经济大发展，规模经济开始形成，资本的力量越来越强大。这时候社会发生转型，国家的经济体制改革和政治体制改革进一步深入进行。

在这样一个急剧转型的时代，文学的现实性问题再一次凸显。尽管阿乙自认为是纯文学的追求者，但是他所获得的滋养和粮食却是明确的，即对家乡的深刻了解，他把自己的作品建立在自己的家乡——这样一个几乎是乡村的、被忽略的世界基础上。他的文学世界反映了这个地域的神秘和悲情，这个时代的声音和图画是现代社会的隐喻。

阿乙小说着眼于乡村的日常生活，不仅批判传统秩序所催生的人性之恶，而且暴露乡村的封闭、狭隘、保守的劣根性，并超

---

❶ 李实，邢春冰，等．农民工与城镇流动人口经济状况分析［M］．北京：中国工人出版社，2016：47.

❷ 李实，邢春冰，等．农民工与城镇流动人口经济状况分析［M］．北京：中国工人出版社，2016：47.

越批判，最终指向人生的终极命题及人存在的意义。阿乙小说再现乡村和小镇，有时直接给读者新闻的触觉，如《情史失踪者》中的《永生之城》21–2里引用的那则《武汉晚报》的报道，阿乙要呈现的就是对现实的记录。《虎狼》中的算命先生，阿乙用整整一页的篇幅来罗列市场上商品的名目，展示小镇的真实生活。《肥鸭》对乡村俚语的使用，要给读者以时代的现实感，做时代的文献记录。

江西瑞昌是一个小县城。类似的环境有《意外杀人事件》中的红乌镇、《小人》中的雎鸠镇、《拉小提琴的大人》中的莫家街、《鸟 看见我了》中的清盆乡、《杨村的一则咒语》中纯朴消失殆尽的杨村、《早上九点叫醒我》中的范镇和艾湾。待在乡村的朱求是、《一个乡村作家的死》里的李世贵，还有凤姐，等等。这些都是在现实中溃败的小人物，都栖息在阿乙小说的地理空间。这里的人的价值观只剩下金钱和权力，生活在这样一个没有人文气息的县城，一眼洞穿自己的人生，世界跟人的内心是一样的基调。

阿乙关注社会和人生的困境，他笔下的大部分行凶者并非大奸大恶之人，相反多是平凡的边缘群体或弱势群体，处在贫困、焦虑或精神分裂的环境中。阿乙选择大量乡村的生活体验反映生命的荒诞性。阿乙笔下的人物都是困境中的囚徒，但是只有极少部分选择逃离来自我拯救，绝大部分选择安于现状，屈从于当地的乡村道德伦理。有待在县城一辈子的知青，有被婚姻和家庭捆绑的中年教师……阿乙作品中多次重复西西弗推石头的典故，这是阿乙所目睹的乡村百姓的存在状态。阿乙所再现的乡村文学是

“底层文学”[1]的一部分，他描写的是底层生活中的人和事，对底层持有一种反思、批判的态度，在阴郁的字眼背后是作家对底层痛彻骨髓的同情和悲悯。

一段时期当人们的价值观变得单一，即变成了对权力和金钱的追逐时，在自由的旗帜下，每天个体“自由”地投入机器的奴役当中。阿乙小说再现了这种价值观之下，乡村被异化的底层民众的茫然和反应。留守的乡村依然贫穷、落后、愚昧，没有主流文学被诗意化的道德、伦理和人性。阿乙小说反映的乡村的宿命和荒诞是一体的。《杨村的一则咒语》中钟永莲无意之中的一个毒誓应验了，她的儿子真的死了。这对不相信迷信的人而言是荒诞的。而儿子国峰的死又是必然的，因为家乡无法生存，出走是母亲和自己的期待，从而获得新生活。故事是震撼性的悲剧，指向的是现代一些人的虚无，无论怎么变化都没有意义。

自卑是底层民众的集体无意识，稍微有一点意识的都感到羞耻，进而愤怒。《两生》中周灵通八次高考失利，想出家被人赶走，因强奸案而逃亡，后来因救了一位富家小姐而衣锦还乡。但是结尾的时候，他看到一个跟自己一模一样的落魄和尚，也就是说他之前的感觉都是臆想的，一下子又被打回底层。

“在世俗道德的意义上审判‘恶人恶事’，抵达的不过是文学的社会学层面，而文学所要深入的是人性和精神的层面：文学反对简单的结论，它守护的是事物的复杂性和丰富性——他笔下的世界应该具有无穷的可能性，它所创造的精神景观应该给人们提供无限的想象。”[2]

---

❶ 张艳梅．文化伦理视阈下的中国现当代小说研究［M］．北京：中国社会科学出版社，2012：104.

❷ 谢有顺．中国小说的叙事伦理［J］．青年作家，2008（9）：33-34.

《黄昏我们吃红薯》中的主人公建成与妻子燕子就是城市化中的悲剧。丈夫去县城打工，妻子留守乡村。妻子对丈夫失去信任，双方以死来要挟对方，弄假成真，酿成夫妻双亡的悲剧。在城市化的威逼下，代表农耕传统生活方式的“黄昏我们吃红薯”已经无法继续，以夫妻双亡宣告传统的死亡。《阳光猛烈，万物显形》里的《回娘家》中农妇10年后回到娘家后，乡村已经消失，这是时代的“乡愁”。

农民进城生活的历史现象和经历的精神挫折是乡土作家无法回避的主题，阿乙的小说也反映“乡下人进城”这一现象，农民进了县城成了“城市的异乡者”[1]，遭遇空前的文化身份认同的困境，不得不接受身份的异化，冲突和挣扎无法避免。可以说，阿乙聚焦了乡下人进城的生活状态和精神空间。

---

[1] 黄铁. 新世纪乡土小说的生态批评［M］. 上海：东方出版中心，2016：160.

第五章　阿乙作品的魔幻色彩

魔幻现实主义（magic realism）是当代拉美重要的文学流派，它在中国于20世纪后期被广泛接受、吸纳并转化，具有中国特色。陈黎明在《魔幻现实主义与新时期中国小说》[1]专题中研究了魔幻现实主义文学对新时期中国小说尤其是以“寻根文学”为中心的小说的巨大影响。在长长的外国作家目录当中，享有最高声誉的当属马尔克斯。可以说，魔幻现实主义从20世纪80年代登陆中国文坛，直到今天仍产生着一定的影响力。

魔幻现实主义这个概念最早来自欧洲后期表现主义绘画中所表现出来的一种艺术倾向。1927年，其逐渐被引入当代文学创作与批评。1948年，拉美评论家借用“魔幻现实主义”一词来评论拉丁美洲文学所表现出来的一种新的美学倾向，意指神奇的现实。1967年，拉美评论家概括出拉美魔幻现实主义文学的特征，它存在于人与人、人与其周围环境之间的神秘关系中。有趣的是，马尔克斯不承认自己的作品属于“魔幻现实主义”，他始终承认自己是一个“现实主义作家”。

美国当代理论家哈桑认为，后现代主义最重要的特征，第一是不确定性（indeterminacy），甚至“不确定的不确定性”。第

[1] 陈黎明．魔幻现实主义与新时期中国小说［M］．保定：河北大学出版社，2008.

二个特征是延异（differance），其是解构主义哲学家德里达的关键性概念，旨在瓦解结构主义的确定性。第三个特征是悖谬（paradox）。第四个特征是语言的游戏。尼采宣告“上帝死亡”之后，后现代主义宣告了主体的死亡、作者的死亡，随之而来的便是文学中人物的死亡。德国基督教思想家、哲学家马克思·舍勒认为，现代人相对他自己已经完全彻底地成了问题。加缪也认同人的身份变得不确定。E. 弗洛姆认为过去的危险是人成了奴隶，将来的危险是人会成为机器人。福柯更惊世骇俗地指出，人是近期的发明，并且接近其终点。在后现代的众多思潮中，魔幻现实主义作为一种反抗的策略逐渐发展起来。

魔幻现实主义文学是作家借助魔幻的艺术手法来表现现实，是一种陌生化的艺术。刘象愚等主编的《从现代主义到后现代主义》这本教材将魔幻现实主义视为后现代流派，它具有鲜明的特征——广泛地运用时空顺序颠倒、多角度叙述、多人称独白、下意识心理、自由联想、象征暗示、比拟隐喻，以及幻化怪诞等手法，把拉丁美洲梦幻般的历史及神奇的现实巧妙地融为一体，制造出奇特的艺术效果❶。而詹明信在《电影中的魔幻现实主义》中说，魔幻现实主义现在终于被理解为一种本质上派生于农民社会的叙事素材和以深奥老练的方式所作的关于庄户世界甚至部落神化的素描❷。

魔幻现实主义已经被理解为一种广泛使用的艺术方法，作为艺术再现现实的形式和技巧已经超越了拉美的地域限制，成为普遍的创作方式和艺术技巧，更加广泛地应用于后殖民和文化上边

❶ 刘象愚，杨恒达，曾艳兵．从现代主义到后现代主义［M］．北京：高等教育出版社，2002：34.

❷ 詹明信．晚期资本主义的文化逻辑［M］．陈清侨，等，译．北京：生活·读书·新知三联书店，2003：549.

缘化了的语境[1]。这一艺术手法在拉丁美洲以外的国家和地区得到广泛的发展。后殖民主义学者布伦达·库伯指出，魔幻现实主义来自于这些特定地区：新旧并存、今古共处、魔幻和科学并立的后殖民地区和欠发展地区[2]。这些地区主要在亚非拉地区，还有美国的少数民族地区，旨在颠覆西方中心主义话语，是后殖民和不发达地区在文学上以对抗西方的霸权文化的策略。美国非裔作家应用神化和魔幻的元素表达西方历史和现实所缺失的声音，以此来颠覆白人中心主义的等级结构，重建黑人文化的自信。1992年，获得诺贝尔文学奖的托尼·莫里森就是这样的一位杰出作家，她的几乎每一部小说都应用魔幻现实主义手法深入探究黑人的历史和经验，把那些白人主流文化所歧视的、被贬低的黑人一一展示出来。

1982年，加西亚·马尔克斯获得诺贝尔文学奖刺激了中国作家的梦想，同期西方现代哲学思潮广泛传播，中国作家对魔幻现实主义的认识由此更加准确和深入。贾平凹、陈忠实、莫言、韩少功、李杭育、王安忆、马原、扎西达娃、余华、格非、阿来等都不同程度地受到魔幻现实主义的影响。

文学的生命力就在于其独特的审美与原创性。这种独特性和原创性表现在一个作家身上就是，他必须建立一个属于自己的文学世界。在地域上，他有自己熟谙的生活环境，是一种文学的现实的再现，如废名的黄梅故乡，沈从文的湘西边城，萧乾的京

---

[1] 琳达·哈琴．“环绕帝国的排水管”：后殖民主义和后现代主义[M]// 罗岗，刘象愚，主编．后殖民主义文化理论．北京：中国社会科学出版社，1999：493.

[2] Elizabeth Ann Beaulieu，edited，The Toni Morrison Encyclopedia[C]. Greenwood Publishing Group，Inc.2003：197.

郊村舍，汪曾祺的高邮河道，贾平凹的商州世界，韩少功的湘楚之地，莫言的高密东北乡，扎西达娃、阿来的藏区，威廉·福克纳的“约克纳帕法”县，加西亚·马尔克斯的马孔多世界。在思想和技巧上，需要在汲取诸家之长的基础上有超越，形成自己的文学符号，创造出有别于其他作家的文学世界。借鉴外国文学模式来实现中国文学走向世界的文学实践，是一种开放心态的需要，是与世界交流、共享的需要，以此获得更大的文学与审美的自由。在与外国作家的话语对话中，建构自己的文学世界、再现中国人的存在是中国作家面临的任务和挑战。同样，阿乙在自己的文学世界建构了自己的王国：他对人生的看法、他的文学的领地、他的人物体系和他的叙事方法。

卡夫卡被视为魔幻现实主义的先驱之一，主要在于卡夫卡对梦幻的刻意使用。梦幻在卡夫卡一系列小说、日记、书信等创作中都有很深刻的表现，如《一个梦》[1]，他往往借助于这一手法来传达他的艺术世界。他在日记中写道：“想把我那梦幻般的内心生活表现出来的意向，使其他一切都变成次要的事情。”《一个梦》中，约瑟夫·K做了个梦，看到两位在挖墓的人。他走进一看，其中一位正在墓碑上刻字，墓地教堂的钟声响起，刻字人刻下了约瑟夫·K的名的首字母J（Josef）并怒气冲冲地打开了墓穴，约瑟夫·K被卷入墓穴，随后刻字人在墓碑上完成了他的名字。此梦表达了卡夫卡对死亡的恐惧，但是梦中的他并不恐惧，反而心醉神迷，亲手把自己埋葬。同样，阿乙也是通过魔幻的书写来埋葬自己的恐惧和不安。

---

[1] 卡夫卡．卡夫卡小说全集［M］．韩瑞祥，等，译．北京：人民文学出版社，2013：82.

阿乙深受卡夫卡的影响，笔者粗略数了一下，直接写梦幻的作品就有 20 多篇，如《鸟 看见我了》中的《翡翠椅子》；随笔《寡人》里《带刀侏儒》《梦妻》《超越爱情的感情》《吞食趾甲的人》《噩梦》《背叛》《友谊的诞生》《梦里的哭泣》《叶公好龙》《贼城》《梦子》《创造者》《吃人者》《吸毒者》；《世界》[1]；《豹子》[2]《裂开》《女孩》《堂屋中间的马桶》《忘字》《幽闭Ⅰ》《幽闭》《幽闭Ⅱ》；《情史失踪者——来自朋友的一个浅薄的梦》[3]等。这些是完全以梦为内容的小说、诗歌和随笔，还不包括别的含梦的作品。

阿乙小说魔幻色彩极浓，深受中国志怪小说、传奇小说的影响，反映了转型期乡村文化的神秘色彩。无论魔幻，还是志怪、传奇都带有神秘的色彩，区别在于魔幻、传奇会呈现一种幻觉和幻想，而志怪给人一种突兀和惊惧。阿乙的魔幻也能看到纳撒尼尔·霍桑的影响，即带有超自然的特征，如《有七个尖角阁的房子》中死去“巫婆”的声音，《豪的化妆舞会》中神灵世界的交流，《海德格尔医生的试验》中对自然法则的否定，《胎记》《拉帕西尼医生之女》《雪影》《小伙子布朗》等之中都有超自然的现象发生。

魔幻是一种手法，展示深不见底的人性深渊，表达作家对人类未来的深切忧虑。魔幻的手法，指向人性的不可知性，是作家的历史局限性所在。阿乙用魔幻的笔法来叙述梦幻、疾病、困惑等感知，成为其作品的一大特色，他把普遍的世俗关怀和独特的

---

❶ 阿乙．灰故事［M］．重庆：重庆大学出版社，2012.

❷ 阿乙．阳光猛烈，万物显形［M］．北京：北京十月文艺出版社，2015.

❸ 阿乙．情史失踪者［M］．南京：译林出版社，2016.

艺术审美很好地整合在一起，再现了乡土美学的另一个维度，也体现了对人世与众不同的悲悯和担忧。

（一）《翡翠椅子》中梦和椅子

卫华“兄弟”患有罕见疾病，无法言明是一种什么疾病，症状怪异，这是阿乙虚构的地方。在他笔下，一个全身冰凉的孩子，惧光，太阳光能灼伤他的皮肤。因此，他只能待在拉着窗帘、潮湿阴暗的房间里，这给读者一种荒诞、阴冷的感觉。他全靠翡翠椅子续命，一旦翡翠椅子没了，他就会死亡。卫华还做了一个真实的梦，被他的父亲所证实，这都带有魔幻色彩。

（二）《发光的小红》中小红的美与手

小红得了一种奇怪的病，她的双手会每年萎缩，直到像块生姜，她因此也变成了一个衰老、粗俗、丑陋的妇女。柯卓越认为“这种怪异的疾病非常吊诡，一方面它摧毁了女主人公的美貌和神圣，另一方面，它保留了女主人公敏感和高傲的原因”[1]。这与阿乙的创作风格是不相适应的。小红没有选择追随故事中那位所谓的“诗人”，而是屈从于母亲和金钱，这是对爱情的背叛。因此，在阿乙笔下，这一类女性都要接受悲剧式的惩罚或诅咒。阿乙创造的女性都带有这种虚幻，作为阿乙想象的女性，带有阿乙的成见，具有魔幻的色彩。

（三）《对世人的怀念》中的老细哥

小说结尾，堂兄老细哥遇到“我”，和“我”靠在一起对话。

---

[1] 柯卓越．阿乙小说的死亡主题研究［D］．南宁：广西师范学院，2015：10.

他热心地关注“我”的怪病，为“我”分手的外国女友叹息，讲述他自己见到过的仙女。但他唯一不知道的是，他自己已经死了。和死人对话，带有魔幻色彩。

（四）《意外杀人事件》中的猿猴和穿白袍的男人

于学毅这个人物带有魔幻的色彩。他走入文化馆舞厅，在一场高中同学聚会的尾声，被一位女生拒绝，从此变得精神失常，一直没有走出失恋的阴影。在同学程艺鹤判定他暗恋后，他疯掉了。有段时间，他散布消息说在李梅的绿色小楼上他看到“一只鼻孔粗黑、嘴唇鼓如白桃的猿猴，长着松弛的乳房，用巨瞳死死盯着他”。

于学毅刺伤了程艺鹤，经司法鉴定他疯了。因为他可怜的寡妇母亲交不起钱，精神病院放他出来。李梅的住所成了废墟，于学毅去废墟边上求知巷花坛边坐着等待。2000 年 10 月 8 日，他说他从睡梦中醒来，看到一位穿白袍的男人，他在等待着于学毅的死亡。他母亲听了儿子的疯话，吓得跌坐到地上。这天夜里，于学毅从花坛返回，在建设中路看见一群人在追一个人。他对这个人说：“是你，你杀了我吧。”于学毅就这样丢了性命。

（五）《模范青年》中周琪源的“坏朋友”

周琪源的坏朋友就是一个幻想的存在。“我”听到周琪源沉沦的消息，结婚、生子、买房，炒股、买基金，升职，原来他交了一位坏朋友。影响周琪源的这个坏朋友，超越一切丑陋和无耻，没有人见过他，却都清楚他的存在。周琪源的坏朋友最后让他患上癌症，走向不归路。

（六）《虎狼》中的怪病

俊峰的两个哥哥先后死于传说中的被窝杀（一种发生在睡眠

时的莫名其妙的呼吸衰竭），后面俊峰也死了，妹妹冬梅也面临死亡，这种古怪的疾病像魔咒一样。

（七）《虫蛀的外乡人》中老贼的魔教

老贼就是一个魔王的象征，带有神秘主义色彩。老贼的身体异常，长着一身瘦骨头，年纪很大；穿的是一件在过去只有陆军军官学校教官才穿的呢料礼服，下身则只穿着一件发皱的紫色内裤。据说他手里攒着上亿的人命，拥有对人们生杀予夺的大权，但是过得却是风餐露宿的荒野生活。在文金荣和姑爹看来，老贼是神一样的存在。

（八）《早上九点叫醒我》中艾宏梁母亲看到的幻象

八仙扛着棺柩止步不前，逡巡间一声巨雷劈下。一座小桥的预制板被打出碗大一个坑，暴雨倾盆，艾宏梁母亲冲向荒旷之地。据她说，闪电时，她看见艾湾 20 年里的死者。及至赶上去，死者们又如轻烟飘散开。她看到一铲铲的煤就浇在她儿子身上。她确信失踪 8 年的儿子死于非法小煤矿。

第六章　阿乙作品评注

第一部　《寡人》[1]

《寡人》是一部随笔集，采用倒叙的手法，从 2011 年 3 月 18 日写到 1995 年 2 月 10 日（他第一次迷上暗恋的 F 女友）。阿乙以“精神深渊”开始到结局“起源”，显然阿乙从当下自己的孤独开始，想通过这种追溯方式找到自己人生错误的源头，最后落在自己一切不幸的开端。阿乙的逃离、失恋，他的职业经历，他的疾病与写作、父辈的衰老和死亡等经历都在《寡人》和《阳光猛烈，万物显形》这两部随笔中得以集中反映。这两部随笔展示了一个真实的阿乙生活文本，而阿乙在小说世界里建构了另一个虚构的文本，两个文本构成互文性，相互对应，展现了一个完整的阿乙作品的世界。从这一点上看，阿乙是有意让真实和虚构之间形成一种张力，增强自己作品的艺术魅力。《寡人》是阿乙内心的真迹，有记忆、有诗歌、有小说梗概、有情绪的宣泄，阿乙在这部杂文集里自由地展示自己内心世界的真情实感，着重探寻自己的人生从哪里开始走错了。

[1] 阿乙 . 寡人［M］. 重庆：重庆大学出版社，2011.

前言（2011 年 5 月 3 日）[1]

“家具又长高了。”这个奇异的句子来自古巴作家阿莱霍·卡彭铁尔的《回归种子》，这是一篇以魔幻现实主义手法写作的小说，阿乙对魔幻现实主义并不陌生。从这部随笔集可以看到阿乙跟世界疏离的原因，他从来不回避自己对死亡的长久思考，抑或说偏执。据说死亡也是深深笼罩着法国哲学家德里达的一片阴影，德里达的死亡情结并非心理症候，而是一种哲学思考[2]。后文有证据表明阿乙熟悉解构主义思潮，阿乙本人的文字都关涉死亡的主题，他的写作生涯都旨在逃避死亡，用书写解构死亡。

2011

精神深渊

2011 年 3 月 18 日

这则日记即是阿乙当下心理的写照，也点出阿乙作品中反复述说的精神世界是现代人的症候：孤独，即便今生不孤独，死亡终归还是孤独的。孤独在美国诗人埃米莉·狄金森那里就是自我的选择，做个“无名之辈”（I'm nobody! Who are you?）。在中国唐代大诗人柳宗元的《江雪》里，每句首字串在一起就是“千”“万”“孤”“独”，是诗人描述人类的存在，也是诗人对世人的忠告，或者二者兼而有之，后人不得而知。阿乙的孤独是现代人的病状，故土不堪回首，他乡一直在路上无所归依，终生是一种没有归属感的痛楚，呼应本书的题目“寡人”。寡人即现代

---

[1] 本书后小标题及时间为阿乙原作所有，后文不再另注。

[2] 陆扬．德里达的幽灵［M］. 武汉：武汉大学出版社，2008：1.

人，现代人就是寡人。阿乙这部随笔就是从自己当下的结果开始写起，回顾自己的35年岁月，为何成为今天这个样子？今天的自己必定是过去长期发展的积淀，有一个因果关系，这部随笔包含了阿乙对自己和世界的回溯和反思。

沉浸

2011年3月7日

阿乙感到自己生活在一个不属于自己的世界，于父母觉得是关爱，但于孩子却是压抑，个体的主体性未能得到尊重，导致代与代之间的疏离，增强了个体对故土的嫌恶和对他乡的逃离之情。

作品的起源

2011年2月27日

这里阿乙谈到《发光的小红》创作的技巧和素材的来源，直接受到爱伦·坡创作的影响。

肉身的缺陷

2011年2月21日

阿乙探讨人体肉身的缺陷，对于“肉体洁癖”的人来说是一种折磨，特别在不喜欢一个人时，这个缺陷会被放大到不可忍受的地步。其实这种心理更多地反映了阿乙自身当时的处境，即灵魂的不安和理想的冲撞在一个“点”上的投射。阿乙的小说中，女性的构思都应用这一逻辑，“肉身缺陷”预示着人物悲剧命运的开始。

人生简史

2011 年 2 月 11 日

海德格尔说诗人的天职就是还乡，但是阿乙回乡时发现，家乡的县城面目全非。他有一种深深的“乡愁”，故乡依旧，但是愁苦不得抒发，似流散之人。

沉默

2011 年 2 月 9 日

这是阿乙写的一首短诗，在精神上希望皈依宗教，如果有上帝，那么一个人的生命就由今生、前世、来生组成。阿乙希望自己与上帝有一个契约。

诗人

2011 年 2 月 1 日

这里提到的 2010 年 10 月堂兄猝死，可以翻看“2010 年 10 月，他搭便车死于车祸”[1]。阿乙在他的作品中两次提到该细节。阿乙小时候挨过父亲的打，在内心对父亲没有亲近之感，后来的成长都承载了父亲的烙印。父亲这首诗《病中》倾诉了病体缠身、壮志未酬，即便去死，也要带上书房的诗书。父亲当时“有爱心没有耐心”，但是没有他的严厉和诗性，孩子岂能打下扎实的功底？孩子们当时是无法理解的，有的像阿乙产生怨恨之情，但在看懂父亲之后，只有忧伤的爱。阿乙在文学上的成功实现了父亲和舅舅两代人的梦想，告慰了爷爷的在天之灵。

---

[1] 阿乙．情史失踪者［M］．南京：译林出版社，2016：12.

单纯

2011 年 1 月 1 日

阿乙自己对生活失去了激情，天性中一种虚无阻止了欢乐的喜悦情绪。这种情绪可以追溯到童年和少年时代的家庭、学校和社会，是过去在一个人身上的汇聚。

2010 年

因为愧疚产生的信任

2010 年 12 月 3 日

阿乙说的是一种心理现象，人们对自己的过错有一种愧疚之感，表现在行为上就是要补偿自己曾对对方产生的误会，这是一种错置的信任，是人性的弱点。

情书

2010 年 12 月 3 日

1997 年到 1999 年，阿乙在洪一派出所写下无数的情书，虽写着致某某最终其实是致自己的书信，无数次向不存在的她倾诉。后来，妈妈建议他烧掉这些书信。这段经历在《春天在哪里·猎人》[1] 中得到再现。阿乙后来洞悉了那段情感，他就是一个暗恋者。暗恋是青少年中一种常见的情感现象，只要不发展成虐恋就没有什么伤害，但在阿乙身上却表现得比较极端，这与他的成长经历有关。

---

❶ 阿乙 . 春天在哪里［M］. 北京：中国华侨出版社，2013：209–217.

县城的活法

2010年12月3日

阿乙直率地指出小县城只剩下权力和金钱两种价值观，所谓的田园气息荡然无存，比城市更加赤裸地坠入拜金主义的泥潭。阿乙想到周琪源，想到那位F女友。他觉得路遥《平凡的世界》中矿工和县长的女儿恋爱是作家的想象，在当下的社会中只会是神话。阿乙既看透人性，也参透地方人际关系的生态，并发现问题的症候。这是他所无法改变的故土，所以阿乙选择了“流放”自我，离开家乡，换一种活法。

大鸟

2010年11月14日

这是阿乙的一则寓言故事，表现阿乙的“鹤立鸡群”，解释了当下有些“人才”的困境。

雨

2010年10月11日

大雨中不打伞意味着凶兆，这也是一种“肉身缺陷”，指向死亡。在《鸟 看见我了·虎狼》中，提到“下雨时，俊峰总不打伞，就那样淋湿走过去”[1]。这些细微的情节反映阿乙的创作灵感，一个宏大的故事往往是从一个小小的裂缝开始的。就像爱伦·坡的著名短篇小说《厄舍古屋的坍塌》的叙事线索，这个古老贵族的宏伟宅邸在故事开始就有一道裂缝，在故事结束、叙述者逃出时，古宅坍塌在湖泊中，就如明月劈开了那条裂缝。真实的故事

---

[1] 阿乙.鸟 看见我了［M］.北京：北京十月文艺出版社，2014：292.

并不是起因于这个裂缝，但是它是一个象征性的存在，指向不祥之兆，后面是“大厦的坍塌”。

时刻

2010 年 9 月 28 日

阿乙预感到自己生命有限，有种艰难之感，他要写的那部小说是《下面，我该干些什么》。他的压力还来自于中风的父亲。他要卖掉房子，做一名真正的桀骜不驯的作家，这意味命运的突变，但这是阿乙的理想。阿乙在作品中多次提到“桀骜不驯”这个词，这个可能来自卡夫卡给他的灵感。卡夫卡在小说《诉讼》中就描写了这样一位主人公 K。

有一天，K 正要出门，有人打来电话，要求他立刻到法院办公室去。他们警告 K 别桀骜不驯。他们说 K 发表了闻所未闻的言论：把审讯看得一文不值，不会有什么结果，也不可能有什么结果；他不会再去接受审讯，也不会理睬电话或书面传讯，并且要把法院的使者从门里扔出去。[1]K 遇害就在于他的桀骜不驯的性格，不愿意接受非法的迫害和侮辱，以自己的生命来对抗一架腐朽的法律机器，做出一个个体的抗争，结果是“证明自己有罪”。

倔强

2010 年 9 月 14 日

阿乙在这时记起洪一乡的生活。阿乙的身心一直是分离的，他与这个世界有无法融合的地方，这就是他的孤独。阿乙提到了

---

[1] 卡夫卡 . 卡夫卡小说全集［M］. 韩瑞祥，等，译 . 北京：人民文学出版社，2013：372.

那个台湾女歌手，他以她的歌声为伴，暗恋一个不存在的“她者”。正如他自己说的，和一个影子谈了八年恋爱，折射自己人生的一段荒唐岁月。正如安妮塔·布鲁克纳在《天意》中所讲述的故事，女主角凯蒂一直在“暗恋”男主角莫里斯，当年的爱是一种幻影与泡沫，她甚至有时记不起男友真实的样子，男友对于凯蒂而言更像是个高大的幻影，是她所想象出来的那个样子，这是一种空虚的可怕情感。她爱的根本不是男友，也不是任何男性，她爱的只是她自己罢了。如果比较一下阿乙的暗恋，无疑也是这样的一部荒诞的故事，看似执着甚至倔强，但却是自己当时存在的一种情感反应。阿乙通过这段虚幻的暗恋，最终不断走向觉醒，并从中寻觅方向和力量。

玉皇大帝

2010 年 7 月 26 日

《玉》是阿乙写的传奇故事。雷电劈死砌匠的情节在《阳光猛烈，万物显形·贫瘠之地》[1]中再次出现。这里砌匠死亡的故事导致农民更加相信上天的存在，所以美仁爷爷的悲剧就不难理解。这是阿乙乡村小说的主题之一，比如《虎狼》中俊峰的母亲。

葬礼

2010 年 7 月 19 日

阿乙爷爷、奶奶落葬时，阿乙都没有怎么哭，有一种疏离

[1] 阿乙. 阳光猛烈，万物显形 [M]. 北京：北京十月文艺出版社，2015：180.

之感。这种疏离感来自父辈的压力。后来姑妈得了癌症，父亲中风。阿乙感到死亡对自己并非是遥远的话题。人只有到了一定的年纪或身体发展到一定的危险状态才会感到人生的有限和逼仄。

无限的孤独

2010 年 7 月 13 日

阿乙是在开会时想到这个的。这个少年渴望像拉斯科尔尼科夫那样，自从杀人之后就处在时间密集、永无超度的炼狱之中。而少年无法面对无限的孤独，他选择立即结束无聊的痛苦，最终他现形自首，这就是《下面，我该干些什么》里的“我”。

死亡

2010 年 7 月 2 日

这里阿乙谈及爷爷奶奶的去世，死亡不再是一个遥远的话题，现在轮到他。在《无情时间里的一小段》，“现在父亲中风，像死神下过请帖，未来我便要站在孤独的前头。没人替我抵挡了。这就像一场杀人游戏，点名点到我头上，排队排到我头上。”[1] 阿乙用非常惊悚的比喻描述了自己对死亡的恐惧、愤懑和无奈，并且用文学的方式来表达死亡的体验。非裔美国作家托尼·莫里森的小说《秀拉》中有一个人物叫沙得拉，他为了摆脱死亡的恐惧创造了一个“全国自杀日”。这一天，沙得拉拿着套索，摇着牧羊铃在街上游走去庆祝，告诉小城里的人，这一天是他们一年仅有的一次自杀或杀人的机会。渐渐地，小镇就习惯了

---

[1] 阿乙. 阳光猛烈，万物显形 [M]. 北京：北京十月文艺出版社，2015：264.

这个节日和这个创始人，这一天也成为他们生活中的一个重要日子。与阿乙不同的是，莫里森用戏剧的方式来消解人物对死亡的恐惧。

渺小

2010 年 4 月 12 日

阿乙在离开动物园后，偶然抬头看到浩渺的天空，感叹人类不过是万物毁灭前的偶然现象，富有存在主义的哲思。存在主义认为世界是荒凉的，所以有意识的人是孤独的，渺小的个体必须为自己建构一个意义来对抗宇宙的冷漠。

发表

2010 年 4 月 12 日

阿乙有过两次发表作品的喜悦，后来无论发表什么，都告诉父亲，似乎在完成父亲没有实现并且嫌恶的梦想，这给阿乙带来的就是矛盾的情感，“陷入新一轮空洞的贪欲之中”。

异人

2010 年 4 月 12 日

“异人”就是“不正常的人”，阿乙列出三类：第一类是梦中的怪人，象征死亡的恐惧；第二类是行为怪异之人，行为的乖张是因为生活的缺失导致的心理问题；第三类是“懒人”这种社会现象，“懒人是一条喜剧的河流”。透过懒人的行为可以看到背后的故事和现象，从懒人身上，阿乙发现了难得的一丝快乐。这三类“异人”读者都能从阿乙的小说中找到。

子宫

2010 年 3 月 23 日

阿乙《情史失踪者·对人世的怀念》[1]的素材部分来自他的爷爷。爷爷生前有种种怪异的行为，通过阿乙的作品得到诠释：在恐惧和悲伤中，抵抗和等待不可阻挡的死亡。阿乙在自己患了重疾之后才顿悟爷爷当年的一些怪异的言行，都是在死亡的压迫下人的精神发生变异。

阿乙总是背不好《唐诗三百首》第一首，被父亲罚跪，直到背通顺为止。现在阿乙讨厌看古文和诗词与此经历有关。怀揣文学家的梦想，阿乙寻找自己生活挫折背后的时代背景，这使他把外国文学作为自己的主要食粮，他的作品体现先锋文学的当代元素。

今天他们用老年痴呆症来指爷爷最后的时光，其实爷爷患的是精神病。阿乙记得第一声宣布彼此隔离的号叫，那是一个人在极其恐怖的状态下才会喊出来的号叫。阿乙发现爷爷的眼睛直勾勾，手指着稳定的前方，气急败坏地说："长江大桥，南京长江大桥，我命令你倒塌，赶快倒塌。"从这里可以看到《情人节爆炸案》里吴军和何大智为什么要炸长江大桥，这是阿乙爷爷的疯语。

在阿乙想做诗人的时候，写过两段有关爷爷的故事，一段反映爷爷所代表的当代历史变迁及爷爷所遭受的苦难，另一段反映爷爷的衰老，一步步走向坟墓，从恐惧的不确定到死亡的盖棺定论。阿乙在回忆爷爷这段岁月的时候，既是缅怀过去，追寻生命之始，也是对自己的身后之事做出安排，令人有悲怆之感。但

---

[1] 阿乙 . 情史失踪者［M］. 南京：译林出版社，2016：193–212.

是，阿乙承认自己在《子宫》中有“煽情”[1]的因素。

超自然

2010年3月22日

《超自然》提出银行职员为代表的现代职员，只有一颗面相丰富的头颅，头颅以下被柜台阻挡，不为顾客所知。上下表现惊人的不协调时，给顾客瞥见，给人带来的是惊悚。这也是现代人没有安全感的一个原因，你永远无法了解“真相”“全貌”，你所得到的永远是一个或多个“侧面”“维度”，“超自然”就栖息在人的认知之外。这也是现代生活具有魔幻色彩的一个案例，深层次反映的是现代人在异化面前的困惑。

制造反响的技术

2010年3月22日

新闻在追求点击率的同时会失真，没有客观报道案情。《春天在哪里·春天》通过陈庆的痛恨展示记者的兴风作浪，但是从另外一条暗线揭示叙述者陈庆的阴暗。这反映了现代生活中虚构和现实彼此的相互转化，消弭了二者的界限。

警察

2010年3月22日

阿乙向读者展示的是自己的真实的生活，没有道德的批判，而是对真实生活的展示，让读者思考人存在背后的各种制度环境。

---

[1] 许知远．阿乙：我的脑子里就像野火在烧［M］// 衷声，主编．单读：09. 桂林：广西师范大学出版社，2015：14.

返祖

2010 年 3 月 9 日

阿乙描述的是一个异化的身心残疾的现代人，代表人类恐惧的一个源头。

委屈

2010 年 2 月 5 日

在地铁车厢里阿乙看到一位女子受到委屈，她在设计怎样报复。

末日

2010 年 1 月 30 日

阿乙描述了世界末日的情景，认为人类使这个世界变得立体、多彩，但也正是人类破坏了这个世界的生态系统，最终世界的万物将集体消亡，人类的一切变得虚无。

悲伤

2010 年 1 月 30 日

阿乙说的是，悲伤是属于特定层次的主体的，不同智性的人的悲伤是不一样的。

冻禽

2010 年 1 月 7 日

阿乙觉得这些所谓的美女很可怜，与那些禽鸟一样不能主宰自己的命运。

落魄

2010 年 1 月 7 日

阿乙是有美好追求的青年，与虚伪格格不入，在虚伪的场景中，他有一种羞耻之感。

2009 年

二十四小时睡觉的人

2009 年 12 月 31 日

阿乙发现美是一件很残忍的东西，昏睡是一个悲痛的魔幻。无论是植物人还是死亡，这都是一种恐惧，即便想象一下也是噩梦。这个在小说人物艾宏阳身上得到典型的再现。艾宏阳在寿宴回来后谈到昏睡，“每次睡觉前都顿一下”，怀疑明天早上是否能够安全醒来。结果一语成谶，真的没有醒来。在一个扭曲的环境里，“昏睡”是考验一个人存在环境的时刻。一个人一旦“昏睡”，就会落入人性的深渊。

代沟

2009 年 12 月 31 日

阿乙见到一个和他面孔类似的人。阿乙身体不太好，他特别敏感，有一种恐惧。为了消解这种担心，后面阿乙讲了一个搞笑的“代沟”的故事。

超越爱情的感情 [1]

2009 年 12 月 20 日

这首诗歌带有批评色彩，描写一名男子背对着女子，男子感

---

[1] 阿乙．寡人［M］．重庆：重庆大学出版社，2011：62-63.

受到母爱和兄妹之爱。虽然背对着她，一点光线也没有，他知道她是在看着他的。她看着他的时候心地温柔，就像他是孩子，她是母亲，她总是要盯着他的。他身上散发的新奇的味道，也是哥哥身上有的男人味道，她伺候他入睡。而在未来的男人游戏中，她给他信赖，他却出卖了她。这首诗必须与阿乙后面的一则随笔《吞食趾甲的人》[1]联系起来阅读，才能看懂这个梦。这是一个梦，梦中“阿乙—吞食趾甲的女子—蒙古贵族”对应诗中“我—吞食趾甲的女子—老板”，可见这首诗再现的是那个 3 月 3 日的梦境。

统治

2009 年 12 月 20 日

《统治》是一首诗歌。君主对他的儿子说，维护统治只有一个法则：将那些未来的反叛者杀死在摇篮。这是一个悖论，君主想要维护自己的持久江山，就必须镇压那些反叛者，但是谁是反叛者却难以识别。君主准备了一半的财政和军队杀死那些叛逆的孩子，这只会激起百姓更大的仇恨，君主的统治必然瓦解，被斯巴达这样的漏网之鱼推翻。诗歌意在揭示统治是一种愚蠢、荒诞的策略。

偏执

2009 年 12 月 14 日

F 后来成了诈骗犯，被判处死刑。她临死前，勾引看守，试图怀孕逃避死亡。这是虚构的故事，还是阿乙的真实故事，无法知道。阿乙暗恋一个根本不值得自己付出的女子八年，这也是阿

[1] 阿乙 . 寡人 [M]. 重庆：重庆大学出版社，2011 ：108.

乙生活中荒诞的一面。《偏执》真实地记叙了阿乙那段恋情及其影响，在他的多部作品中以不同的面目出现。

阿乙与莫言不同。莫言在《红高粱》中塑造出一位胆大心细、文武双全、美丽、传奇式的戴九莲，他所代表的作家能给读者以温暖和希望。阿乙几乎什么都不信，他好像获得了“一双魔鬼的眼，轻易看到阴影、龌龊和裂缝，那些他自认为是世界最本质的东西”。

超凡脱俗

2009 年 12 月 9 日

阿乙提到对死亡的恐惧，方式是“杀时间”，这是他小说中常见的叙述模式。阿乙曾经有许多爱好，但最终他选择写作，特别是写诗，认为诗人“是人群里的神”。正如雪莱所定义的，诗人一定是政治家、思想家，“是未经公认的立法者”，以追求崇高作为自己的使命。

压力

2009 年 12 月 9 日

阿乙提到斯皮尔伯格成功的拍摄技巧，利用“压力”，是强者对弱者的压迫或镇压。一个个体只有在压力之下才能看出人性的优美，绽放出人存在的本质。

医生

2009 年 11 月 23 日

《医生》是阿乙讲述的一个乡村故事，是当地人对异乡人的排斥。这个医生类似阿乙笔下的另一个人物“汉友”。

阿乙聚焦乡村医生，很可能是受卡夫卡的影响。卡夫卡的小说《乡村医生》[1]中的主人公就是乡村医生，他是一位受疏离感与孤独感困扰的畸形人、局外人。他工资微薄，术业不专，跟周围的环境形成尖锐的对立，无处遁世，最后处在永远找不到家的处境。而在阿乙的乡村叙事中，也有乡村医生的主题故事。《下午出现的魔鬼》[2]中的汉友是个外来者，这个人物在《对人世的怀念》[3]中也出现过，在当地的存在就是一个“他者”，是当地村民排斥和歧视的对象。所以，汉友这个“魔鬼”表面上是大人用来吓唬小孩的手段，实则反映在当时生产力不发达的时代，为了争夺有限的资源，当地人排斥“他者”的集体无意识。无论是卡夫卡还是阿乙，都通过乡村医生表现了人生的困境及作为局外人在当地遇到的障碍，这些障碍在摧毁这个异类。

工业化的告别

2009 年 11 月 21 日

工业化时代，人际关系变得冷漠、程序化，甚至荒诞。

失眠

2009 年 11 月 16 日

阿乙如今得的这种病叫下水道病，伴随疾病而来的是失眠、孤独和恐惧，以及对过去岁月的怀念。

---

❶ 卡夫卡 . 卡夫卡小说全集［M］. 韩瑞祥，等，译 . 北京：人民文学出版社，2013：58–62.

❷ 阿乙 . 灰故事［M］. 重庆：重庆大学出版社，2012：143–147.

❸ 阿乙 . 情史失踪者［M］. 南京：译林出版社，2016：193–212.

心理

2009 年 11 月 6 日

阿乙提到一些现象背后的心理因素，像恋爱、撒谎、广告等。

折磨

2009 年 11 月 6 日

阿乙揭示的是话语权的问题。

观众

2009 年 11 月 6 日

阿乙说看到的没有真正的兴趣，把这样一个活动当作交易或炒作的工具，伤害民族文化产业的发展。

自信

2009 年 10 月 18 日

看到镜子镜头，由太空转入地球，人类对科技的自信对应的是地面人的狂妄。

观察

2009 年 10 月 18 日

阿乙作为作家，对生活主动观察、调研，观察农村的姑娘、地铁的女孩、台球厅的女人，还有将死之人的征兆等。

噩梦

2009 年 10 月 18 日

阿乙在梦中站在一个伸到云层的梯子上，湿滑、惊悚，这是阿乙病后对死亡恐惧的反映。

熟悉

2009 年 9 月 13 日

这是一个男人被女人出卖的故事，是阿乙作品中反复出现的故事情节。

奶奶

2009 年 8 月 19 日

“上疼下，老疼少，疼男不疼女。”婶子说，“人啊就是这样个东西。”阿乙觉得婶子的话精准，婶子代表着中国式的奶奶形象。

于连

2009 年 7 月 10 日

阿乙的小说《模范青年》[1] 再现了这个同乡兼同事，阿乙把周琪源比作于连，实际上阿乙自己也是一个于连式的人物。他们在一个科层制、等级制的社会里辛苦打拼，正当接近自己的理想之时，生命却走向尾声。

中风

2009 年 7 月 6 日

阿乙父亲中风后不能下棋、写字。他的父亲毛笔字写得好，谦虚内敛，有中国传统文人的气质。

---

[1] 阿乙 . 模范青年［M］. 北京：海豚出版社，2012.

画仙

2009年6月25日

阿乙讲述了一个画仙的故事，带有魔幻现实主义和志怪小说的色彩，反映的是“叶公好龙”的寓意。

高烧状态

2009年6月10日

这里阿乙透露自己病后高烧时的痛苦，“高烧状态是一种疯狂的衰竭，一种衰竭的疯狂”。

香火

2009年6月9日

阿乙肯定“香火”的正当性，隐隐透露出对自己“香火”的担心和遗憾。

扫兴的人

2009年5月26日

阿乙有一个同学的哥哥患有白血病，没多久死了。这个身边悲剧及在创作上的持续焦虑使阿乙感到一种重压，他感到必须“镇压”，在信仰和生活方式上要改变。

走亲戚

2009年5月21日

阿乙叙述了一段蹊跷的经历。有一天，北面冒出一个没有来历的人，加入探访姑妈的队伍，还送去一只篮子和60个苹果，然后从此消失，这在相互熟悉的乡村是不可思议的事情。这次经历带有魔幻色彩，类似民间熟悉的“鬼故事”。

背叛

2009 年 5 月 20 日

这是一个噩梦。在噩梦里，阿乙被姐姐、同事所出卖。这个“背叛”体现了阿乙病后感到世界对于他已经遥远，今非昔比。

两个人

2009 年 4 月 26 日

阿乙讲述自己卧底的经历和电视中的新闻事件，从这里阿乙看到人是有两副面孔、带有双面人格的。

建议

2009 年 4 月 26 日

阿乙建议建立这样的连锁餐饮店，叫“一个人吃饭”。一个孤独的人在面对别人都有伴侣或同伴时，有一种羞耻之感，这是一种挫折感，期望遇到同类之人得到慰藉。这反映了在一个日益多元化的社会里，那种根深蒂固的传统观念给个体带来的不适之感。阿乙的症候就是传统文化和习俗在开放的世界里遭受的冲击，在一个个体身上得到集中体现。

流浪者

2009 年 4 月 26 日

阿乙谈的是人在极端环境下会出现幻觉。极度寒冷的人脱掉最后的衣服，一个流浪汉跑出收容所，饥饿之人会饥不择食。人在极端环境中会滋生恐惧，扭曲人性，恐惧会带来愤怒，在失去希望后变得“驯服”。

嗯

2009年2月24日

《嗯》叙述一位正在上课的老师，家人传来消息：父亲晚上七点钟死了。阿乙笔下，死亡是神秘的，带有魔幻、荒诞的色彩。

阿乙小说的魔幻色彩并不罕见。德青所持有的生活观就是生命的平淡和无意义，无所谓生和死，生便是死，死便是生。所以阿乙呈现的就是一种人的存在方式，没有惊天动地的哭喊，只有“嗯”的一声那么简单，代表着“威严、沉默、亲爱、诺言、寄托”。这个“嗯”字如此简单，代表了芸芸众生不过是沧海一粟，是宏大的宇宙中一个迅速消失的音符罢了。

优惠券

2009年2月24日

大概在2004年，阿乙去深圳观澜湖高尔夫球场开会。在那里阿乙看到了天堂般的生活，作为一个乡下人如入仙境。阿乙无法理解这位有钱人为什么在雨中打高尔夫球，是因为优惠券到期了必须打完？阿乙亲历的故事揭示的是富裕阶层的另类孤独。

失恋

2009年2月16日

阿乙讲述了自己的一次失恋经历，他发明了一个词“末端理论”来解释爱情的挫折。“每个人择偶都有心理要求，从自己的需要出发，并不知道自己可能只是对方选择条件的末端。”如果不能正确认识这一点就会带来心灵的创伤。阿乙走向阳台收拾衣物时突然有了轻生的念头，惊动了消防队。真正把阿乙从死亡边缘拉回的是阿乙听到了“母亲”。

失业

2009 年 2 月 16 日

阿乙讲述自己的一次失业经历。

友谊的诞生

2009 年 2 月 16 日

作为一名小警察，在梦里阿乙是“卑微的执法者”，害怕“小鸟向狮子执法”，这里反映的是阿乙的职业焦虑。

2008 年

呼喊

2008 年 12 月 20 日

《呼喊》是一首诗歌，这是一群犯人，“我”的内心隐藏着对路人的蔑视，远处一声枪响，昭示有犯人“我”逃跑。照镜人对应的是路人，犯人是路人的“他者”。“我”在温暖的黄泥岗上逃跑后，却不知往哪里走。“我”的弟弟像是永远睡不醒，暗示“我”有回不去的家园，家乡已是“异乡”。“我”怀着蔑视，走进一座貌似透明的城市。在无法狱外生存的背景下，“我”又回到监狱，要一根香烟、一个夕阳，生命就此终结。《呼喊》揭露的是现代人的孤独，无处安身，是“鸟儿寻找笼子”的存在困境，只剩下内心的“呐喊”和“呼唤”。

性感区

2008年12月15日

阿乙尝试定义女性的性感特征，这些特征表现在阿乙的小说中，如《小镇之花》中莉丝是小镇最美的女人，美得像冰川、瓷器。美得像瓷器的还有《下面，我该干些什么》中的孔洁，但结局很惨。

卫生

2008年12月15日

一个人伸手接住自己吐的痰，这是一位非常讲卫生的人，宁可脏了自己也不能污染了环境。《卫生》表面上反映的是阿乙对国人常见生活习惯的关注，实则透视阿乙的审美视角：一个人不仅要欣赏自己美丽光彩的一面，也要看到自己身上暴露的“丑陋”和“肮脏”，不可以无视它们的存在。后者正是阿乙艺术呈现的对象。

温暖

2008年12月15日

这是阿乙的一则寓言故事，恶人受到惩罚。

后卫

2008年12月15日

这是阿乙第一次认识后卫卡纳瓦罗。

死亡

2008年10月19日

阿乙认为人生的“虚空”，根源于人存在的荒诞性，表达的是虚无主义的观点。

人的意义与价值在哪里？人是一切社会关系的总和，存在于特定的权力系统中，由国家为代表的权力系统为个体建构身份和意义场。随着科技的进步，人会从权力系统中获得更多的自由，这样自由就变成了一种存在的选择，个体就拥有更多生存价值的权利，可以更自由地建构自我价值，所谓的虚空还是自我自由选择的问题。

梦里的哭泣

2008 年 10 月 19 日

阿乙做了一个噩梦，自己同意回县城工作，而且在县纪委谋到职位，这反映了阿乙内心对社会的思考。这个噩梦间接告诉读者，家乡对阿乙是一个困难的选择。2002 年，阿乙不打招呼逃离县城，当然不会回去自取其辱。

叶公好龙

2008 年 10 月 8 日

一个秋天的中午，阿乙在梦里看到“小丑”、弟弟、姐姐，听到 F 女友的那些传闻。阿乙对 F 女友的暗恋及情感挫折与当时自己生活的挫折是交织在一起的，而女友的拒绝加剧了自己的失望、孤独的苦闷心情。F 女友由此成为自己那段痛苦岁月的具象。

少年

2008 年 10 月 1 日

《少年》后来收录在《灰故事》，改名为《毕生之始》[1]，几乎

---

[1] 阿乙 . 灰故事［M］. 重庆：重庆大学出版社，2012 ：165–172.

没有变化，“飞鸡”变成了“机头”，小标题由原来的阿拉伯数字改成英文字母。

女人和女人

2008年9月20日

阿乙在作品中称初恋女友为F，F是英语中骂人的脏字眼的首字母，以此代指前女友表达了自己的怨恨。

权力

2008年8月4日

阿乙认为，没有权力的人不能掌权，一旦他们掌权，权力必将被滥用。因为运用权力是一种能力，这种能力是需要学习和实践才能获得，不能指望天生就有。

剽窃

2008年8月1日

阿乙对这个历史悬案的一种解释。

创造

2008年6月26日

阿乙表达的是：创造使生命获得意义，自由才有真正的创造。阿乙提到一个新词：利己主义者的愤怒。有些人只有在危及自己的利益时才表现出愤怒，否则对公共事务漠不关心。

广告

2008年6月12日

广告是现代社会的显著标志，阿乙指出了广告的结构和本质。

图书馆

2008年4月8日

瑞昌县几千年来都没有出过文化名人，阿乙算填补了这个历史空白。

2007年

贼城

2007年12月7日

从这个梦幻看出阿乙作品中的一类女性——背叛型的女性。

海市蜃楼——赠给我的朋友涂重航

2007年11月30日

阿乙暗示一个人对自己的认识是最重要的，安于生命才得幸福。

女神

2007年11月13日

《女神》是一部长诗，有73阙，每阙5行，属自由诗体。内容涉及阿乙成年后的主要生活大事，表现他的困惑和追问，他的愤怒与绝望，他的希望和梦想，诗的结局是冰凉的。

《女神》这首诗是阿乙的暗恋宣言，是对自己过去的暗恋生活及其影响的全面概括和总结，也可以窥见阿乙后期创作的主题。诗中提到，有一个人作恶，是完全为了等待警察，警察带着猎犬追踪，他才能感觉到生命的充实和意义。

面子

2007年11月12日

小凤曾是北京的发廊妹，但回到富强乡开了一间理发店。在一个偏僻的乡村有这样一位穿着风衣的时尚女人，招惹当地有身份的年轻人的追求一点都不意外。这里阿乙用“面子”作题，是对自己的批判，因为自己的虚荣和自私，他打败计生办的吴汉奸，得到小凤。但是吴汉奸带来一个更时髦的城里姑娘，阿乙还是失败了。通过这次经历，阿乙看到人性。小凤的风衣代表的是都市的诱惑，一想到与这个女人老死在这个地方，阿乙就感到绝望。

梦子

2007年10月28日

梦中阿乙有了儿子，小名“我不要”，孩子的危险和对阿乙的拒绝反映了阿乙潜意识对“香火”的忧虑。这个小孩后来再一次闯入阿乙的梦中，孩子的沉默寡言依然是某种象征性的对阿乙的拒绝。

理想

2007年9月12日

《理想》是一首诗，以隐喻的手法来表现自己的梦想。

创造者

2007年8月17日

这是阿乙做的一个梦。梦中阿乙是个囚徒。即使身为囚徒，他仍如西西弗一样徒劳地往山上搬石头，阿乙仍然等待灵感，希望创造出一个永生的世界。

立锥之地

2007年8月5日

阿乙自称为“时光的流放者”。他把别人送回家，但是他自己却找不到“家”。他孤零零的一个人，在这个世界无立锥之地。阿乙回到10年前就读的警校，“归来仍是少年”，寝室还在，当年睡过的地方还有刻画的字母F。阿乙感到苍凉，再也回不到过去生活过的地方，这是一种“乡愁”。过去的每一个生活过的地方都有自己孤独的剪影，饱含生活的创伤，不得不出走，在“流浪”中抗拒时间的荒芜。

吃人者

2007年8月3日

阿乙做了一个梦，这是个魔幻而又怪异的故事。一个无名人把自己吃掉。他吃饱了，但是却消失了，隐喻人世的虚空，反映存在主义荒诞的主题。

老婆婆

2007年6月14日

阿乙忆起在番禺丽江花园的一件往事。这个时候说明阿乙的精神高度紧张、敏感，处在脆弱、危险的状态。

斑点

2007年5月30日

阿乙创造瓦西里这个笔名，形成文学的张力。阿乙通过瓦西里道出灵感，在小说中也是善于从“斑点”来突出人物即将死亡的征兆。一个将死之人，阿乙会送给对方一个“尸斑”，一个病人会变成“霉斑”等，从这些斑点开始预兆人物的命运，解构一个貌似完好的个体。

因果

2007年5月22日

读初中时阿乙有不良行为。很多年后，阿乙一位同学的舅舅被从天而降的水泥栏杆砸死，阿乙为此感到不安。这让他想起那次去父亲单位楼顶的记忆，不堪回首。这个害怕空中坠物的灵感在阿乙的作品中多次出现，如在《情史失踪者》中，楼上掉下一块岩石，惊吓丁洁妮，她从此卧床不起，等待死亡。

偶然

2007年5月22日

这个事件后来写进阿乙的小说《意外杀人事件》。

肉身洁癖

2007年5月17日

阿乙意指他的作品中那些“偏瘦的女孩”，“肉身洁癖”最终指向一个情欲的悲剧。

Silver Springs

2007年5月1日

《银色喷泉》这首歌中间有段节奏，像河流中陡起的石头。这个部分显得“多余”，“多余于世界、多余于自己，找不到时间、找不到空间，找不到合适的容器安放自己”。这是小说人物“我”的生存状态，找不到安身之所，是一个边缘化的人物，正如艾宏梁一样，已经退缩到“世界的尽头”，无路可走，只有在这首歌曲中寻求慰藉。

来历

2007 年 3 月 19 日

人类通过墓碑、姓氏等符号表示人生的意义，但是这些在多年后也变得虚无。父亲给阿乙起名，让阿乙记住他和祖父的名字。阿乙面庞像祖母，头发和皮肤则像母亲。一个人身上藏着祖先的密码，但是最终会变异，“密码”变得无足轻重，来历已无法穷尽，未来在延异[1]中消失，这是人生虚无的一个理论来源。

厨房

2007 年 1 月 23 日

餐馆墙上有根雕做成的书法，阿乙认为艺术是需要理解，没有理解，艺术也会变得虚无。

一九九四年

2007 年 1 月 3 日

阿乙 1994 年读警校参加军训，一名教官单独对他喊口令进行惩戒，后来他罢训，教官气得发抖。警校生活比较严苛、机械。阿乙称自己并不适合这种生活，警校的规训是阿乙抑郁性格的一个成因。这段经历在《早上九点叫醒我》中再次出现，换成艾宏阳劳教所受罚的经历。

---

[1] 解构主义理论大师德里达自创的术语，意为“延缓的差异”，意义随着时间和空间的变化不断消解，只有踪迹，再也找不到原初，找不到真理。

2006

法律蜘蛛侠

2006 年 12 月 27 日

这是阿乙写的一则被告嘲弄原告代理人的笑话。原告代理人是司法事务所工作人员，没有律师执照。他在面对一个文化程度只有小学一年级的被告时，使用对方听不懂的英语。他设置的问题与回答也有问题，“何时结婚”这样的问题是 Yes or No 无法回答的，暴露出这位原告代理人的愚笨。而这位被告展现出恰当的睿智。他虽然文化程度不高，但是这些基本的英语单词是懂的，并有力地教训了那位愚笨而又傲慢的原告代理人。

在城市生活的诀窍

2006 年 11 月 9 日

阿乙尖锐地指出现代人的残忍，第一时间不是去关怀生命，而是想通过对方的违法、违规来规避自己的责任。人们只能掌握这些城市生活的“诀窍”，不给对方把柄，而这又是多么难啊。

殴打

2006 年 10 月 30 日

这是阿乙写在乡村做警察的真实经历，这里的“我”是民警小何，但是可以看到阿乙自己的影子。阿乙郁郁寡欢，在人工湖映照自己的孤独和死亡。

口才

2006 年 10 月 17 日

阿乙在这里指出，口才是一种形式，内容没有意义。

饿

2006年9月12日

阿乙简短几句勾画出人间的悲剧和伤痛。

时间

2006年8月28日

阿乙说："时间即空间。"人类对时间和空间是有明确定义的，但是今天我们才知道，二者是不可分割的。阿乙这里的时间观是他小说创作的哲学基础。时间是周而复始的机械运动，是个冷漠的存在，因为你的选择而具有意义。

乡愁

2006年8月23日

阿乙再次重述他的"乡愁"——故乡作为地理概念是回不去了。过去的女神是萦绕在心头的依恋，但是最终这份情感也溃散了。这种情结是有历史渊源的，以鲁迅为代表的现代作家，其作品"离乡"——"还乡"——"乡愁"是一条主要的精神线索。乡愁体现的是历史和现在的对立，是人世沧桑的悲凉和无奈。当初的逃离是作家对现实的不满和失望，是对外面的向往和梦想。作家真的离开家乡之后，孤独、落魄，仍然无处可归，由此感到生命的有限和人世的飘零破碎，难以获得心灵的宁静。还乡之后，故乡已经面目全非，作家的记忆残缺褪色，面临自我历史的消解。当下、过去都无处安放，透露出现代人存在主义的荒诞情绪。

胜利

2006年8月1日

阿乙想，在那个乡村，一位农妇突然想到自己身处浩渺宇宙的中央，像只蚂蚁，于是她陷入惶恐；当她选择回望，骄傲和幸福就回到她身上。阿乙之问就是哲学之问——人从哪里来？到哪里去？农妇是不会有这样的突发奇问的。人是语言的宠儿，就像拉康所说，人总是通过“镜子”看这个世界。农妇没有这样的“镜子”，是不会发出这样的哲学之思的。当人把宇宙视为物理机械的时候，生命便变得空虚。当一个普通人突然有一天这样哲思的时候，他在众人眼里就会变成疯子，这就是《先知》中的朱求是。

荷花

2006 年 8 月 1 日

阿乙写荷花和野生芦苇，实际在写人，分类的人群也以这样的面貌呈现于世。

行者

2006 年 7 月 28 日

“沙漠太抽象了，需要几具干尸使它具体。”阿乙看到世界的荒凉和虚华，他需要用作品去重塑这个世界，让读者感受这个世界的真相。有人用鲜花和掌声，而阿乙用“几具干尸”惊悚地摆在读者面前:《意外杀人事件》《情人节爆炸案》《阁楼》《杨村的一则咒语》《午后》《下面，我该干些什么》《早上九点叫醒我》，等等。这些“干尸”并非虚构，都来自于新闻报道。“行者”就是作者，踏遍千山万水也要用自己的想象力，血肉丰满地再现这些故事。

决心

2006 年 6 月 14 日

阿乙揭示了这样一场真实的“战争”，动用巨大的资源，作战的对象仅仅是一只苍蝇——当代的荒诞和幽默。

困兽

2006年6月3日

阿乙从自身看到当代人的生存状态，犹如困兽：孤独、绝望、空虚。

烧伤病人

2006年5月9日

这一天阿乙突然没有了兴致和灵感，即便类似“情人节爆炸案”那样的烧伤病人也不会触动他的情感，一切没有了意义。

吸毒者

2006年3月30日

这是阿乙在梦中看到的一位女性吸毒者的面容。

傅红雪

2006年3月5日

这是阿乙看待世界的视角，辉煌的背后是阴暗，可以看到“霉斑”，甚至“尸斑”。

杀戮

2006年3月3日

这则寓言以一位精神病患者的视角叙述故事，属于阿乙的人物类型：身体的病痛带来的羞耻与愤怒，使精神病最终暴发，跟《意外杀人事件》中的于学毅类似。这是阿乙作品中众多人物共同具有的特征，人物自己就是一位精神病患者，但是却认定别人是精神病患者，然后颠覆主流价值为自己的行为辩护，从而在自己建构的意义中走向“永生”。

遗言

2006 年 1 月 7 日

一个逝者或病人（像这位急救的老者）或昏迷者（如艾宏阳），是无法跟活着的人沟通的。这是阿乙对人世的寓言故事，人类救人的方式有时恰恰造成自身的死亡，这是阿乙小说的荒诞主题之一。

2005

武侠小说

2005 年 11 月 23 日

这位宋相锋就是与阿乙厮混的那些失恋的校友之一。阿乙理解一个怀揣作家梦想的文学青年，他把他们（还包括阿乙的父亲、舅舅）的梦想变成现实，这本武侠小说由此具有鞭策阿乙的意义。

小偷

2005 年 10 月 29 日

阿乙讲述自己从警时见过的一个小偷，具有魔幻色彩：小偷能解开手铐逃脱，还会一点儿轻功。

小镇后院

2005 年 7 月 4 日

阿乙在这则故事中探讨人生的意义在哪里，平平淡淡的一生如何被绝大部分人所接受。

上帝之吻

2005 年 6 月 5 日

阿乙听说瑞昌发生一起命案，受害人张老板跟他还有一面之缘。

起源

1995 年 2 月 10 日

这一天是情人节前的第四天，阿乙看到 F 女友，这是阿乙第一次喜欢异性，这一天是阿乙暗恋的开始，正是暗恋造成了自己幽闭的性格，从羞辱到愤怒出走，继而走上文学的道路。

第二部　《下面，我该干些什么》[1]

博尔赫斯认为，20 世纪伟大的小说全部都是侦探小说。他提到亨利·詹姆斯的《螺丝在拧紧》（*Turn of the Screw*），福克纳的《圣殿》（*Sanctuary*），卡夫卡的《城堡》，等等[2]。这为阿乙的这部小说做了注解。笔者在与刘珠还教授交流的时候，刘教授说："我不知道他（博尔赫斯）是怎么得出这个评价的。就亨利·詹姆斯而言，《螺丝在拧紧》只是个鬼故事，我看过几次都看不懂。亨利·詹姆斯重要的是长篇，讲究'视角'（view point）的试验，作为故事实在难看。福克纳就我所知，最有名的是长篇《喧哗与

[1] 阿乙．下面，我该干些什么［M］．杭州：浙江文艺出版社，2012.

[2] 钱佳楠．因果罪疚与反对诠释——阿乙论［J］．上海文化，2015（5）：19.

骚动》，多视角叙述。至于《圣殿》，被认为是他的成名作，但并不优秀，我没看过。卡夫卡的我也没看过，《城堡》（*The Castle*）是他的三部小说之一。”

这部小说原名叫《猫和老鼠》[1]（出版时更名为《下》，浙江文艺出版社 2012 年版），发表在北岛主编的《今天》杂志上。据阿乙称，这部小说模仿的是加缪的《局外人》，《局外人》模仿的是《邮差总按两遍门》。阿乙说读了加缪的小说，总要致敬一下。后来碰到一个案子：一个冷漠的高中生把他的女同学害了。阿乙认为凶手作案是因为无聊，觉得生活特别烦闷，于是他写出自己的“局外人”。加缪的《局外人》刻画了一个被社会残害的人，阿乙写这部小说也是这样，但是阿乙让主人公主动制造这一事件。

小说的主人公是军校教务处处长 19 岁的侄子。开篇是以主人公“我”买眼镜开始，因为“我”认为人们总是相信戴眼镜的人。小说前部分讲述“我”精心设计、作案并逃亡，随后突然自首。后半部分是“我”自首后接受法庭审讯，被追问作案动机时坚持保持沉默，随后社会各界对“我”开始合理化诠释。而“我”在法庭和检察官面前开始表演，及至最后给了公众令人窒息的一击。公众对主人公残忍的暴行感到愤怒，集体咆哮着“杀死他”。这样的结果正是“我”预见的、所期待的结局，整个故事反映了这个“局外人”非理性的作案动机和他的荒诞的存在方式。

小说以第一人称叙述，也是阿乙常用的叙述手法，带有浓重的书信体色彩。小说的最后一句是：“这就是我的遗书的全部。

---

[1] 阿乙．阳光猛烈，万物显形［M］．北京：北京十月文艺出版社，2015：10.

我想，在你们的历史上存在过这样一个人。再见。”表明“我”是以遗书的形式写给未来的人看的。“我很早的时候对日落的来临有种强烈的悲哀。尤其到了下午三四点钟，悲哀的感觉不可阻挡地到来。没有亲人、朋友陪伴在你身边。”这个时间带来的孤独和焦虑在《寡人》的《时间》也有交代。还有电影《发条橙》里，几个百无聊赖的年轻人互相问：“接下来干些什么好呢？”这个片段使阿乙感触深刻，后来成就了他的中篇小说《下》。小说想通过“无理由杀人案”告诉读者哪里出了问题。

阿乙在这部小说中再次展现的是阴暗而又绝望的笔调，作为观众感到苍凉，作为施害人“我”在死亡中寻求解脱，实践加缪的哲学，“我反叛，所以我存在”[1]。但是这份遗书丢下的是个难题：当阴暗被撕扯开，放到聚光灯之下的时候，每一个人除了震惊、愤怒之外，接下来还是寂静和痛苦。

这篇小说有一个人物很特殊，那就是“我”的表姐，从后文判断表姐对“我”的爱也是虚假的。当某一天“我”看见T市界碑时，“我”目瞪口呆，因为它是作案当日“我”搭乘火车计划中的目的地，那里住着表姐。“我”一直以为自己瞎跑，潜意识却叫“我”来到此地。“我”偶然中有意识地跑到表姐家，“我”要见她最后一面。表姐正是“我”在这个荒凉世界希望找到的最后一片绿洲，原因就在于“我”的记忆深处，“我”对爸爸的情感最深，而在爸爸的葬礼上，妈妈和叔叔都在假哭，只有表姐哭成了泪人。“我”判断表姐是最真诚的、最爱爸爸的，当然会最爱“我”的。但是当“我”出现在她面前时，她吓倒了，姐夫回

---

[1] 张艳梅．文化伦理视阈下的中国现当代小说研究［M］．北京：中国社会科学出版社，2012：236.

家后做出打击“我”的手势来安慰她。我对这个世界最后一点好奇和渴望瞬间化为乌有，“我”把望远镜扔掉，这个冷漠的世界再也没有值得“我”留念的人了。

“我”的妈妈是个文盲，唯一懂得的就是辛苦赚钱。“我”的爸爸去世的时候，妈妈一滴眼泪都没有。妈妈开始做生意，卖饮料、做小吃生意，非常辛苦，不让“我”浪费一分钱，这不仅得不到“我”的理解，而且引起“我”的憎恨。“我”认为妈妈爱的是钱，不是“我”，所以在情感上“我”是被抛弃的人，因此才觉得表姐最亲。“我”第一次主动给妈妈打电话正是在“我”犯罪前夕。这是做母亲的悲哀，自己的苦心不被孩子理解，更无法唤醒孩子感恩的心。

“我”的爸爸是个一生不遂的诗人。在爸爸和叔叔还年轻的时候，成绩更好的爸爸做出让步——爸爸为供叔叔读大学，不得已牺牲自己的健康在煤窑里干活，成了尘肺病患者。而爸爸是有诗人气质的，他在病床上给儿子的那些虚无主义观点对儿子产生了重大影响。有一次爸爸醒来后告诉“我”，他看到死神：一位穿着白袍的男人坐在墙角，吃着简单的一个苹果。爸爸重病之后生不如死，认为看望他的人是对他施虐。爸爸最后几乎是厌倦地将“我”掸开。“我”感到委屈，一瞬间把自己的一生凝固在那一刻，认为人生老病死全是一种耻辱，时间是无尽的痛苦和折磨。“我”最大的问题就如他在监狱中所看到的，痛苦地检索自己的生活，找不到一个自己想念的人，也找不到一个挂念他的人，他成为人世间的一个孤岛。

“我”人性坍塌的一个重要原因就是自己今天物质生活的地基坍塌了。当初“我”爸爸才华横溢，以健康换回叔叔的大学，然后才有叔叔后来的优越生活和地位。而叔叔在这个位置上敛财，婶子也丧失人性，从小说来看他们很可能没有孩子，喻指他们生命力的荒芜。有可能是把“我”过继过来作为“儿子”来对待的。但是“我”不仅没有得到他们父母般的关爱，而且看到阴暗的事实，这无疑是对自己奋斗、勤奋的耻笑，所以“我”有羞耻和愤怒之感。

可以说，当年自己的爸爸是“死于非命”，用性命换来的今天没有意义，他的存在是可笑的。他既不属于生养他的乡村，也不属于求学所寄养的城市，他在孤独中营造孤独，在逃亡中体验死亡，在空虚中不断填满自己设置的、颠覆社会价值的意义，他是一个游离在社会之外的边缘人。他用“猫和老鼠”的隐喻找到自己和这个世界的联系方式，他抛弃人类长久以来所努力建构的价值和意义，以自己的盲目性和兽性来对峙主流，实现对主流的反叛。当法庭上的人充当正义的化身，把“我”这样的异端或疯子放在被告席上审判的时候，“我”点破了人们的虚幻的迷梦。他让正常人发现了自身众多荒诞的存在，人生的无意义，生命的虚无，在他的对照之下，他有着清晰的理性和逻辑，把异端的称号无情地抛给公众。

如果深层次探究下去，作品中可以看到西方现代社会的负面影响——固有的问题被放大，人与人之间的关系表现得越来越冷漠，相互之间缺乏同理心。传统的伦理规范慢慢被侵蚀掉，善良、忠诚、爱与感恩等这些传统美德沦为现代化的牺牲品。同时，新的伦理尚未建立，社会的发展处于某种失衡的状态。工业化和城市化的负面作用不断呈现：人的身份碎片化、价值出现真空、社会局部失序，这些都是现代化进程中所面对的弊端。

军校家属院只住着何老头儿和“我”，一老一少两位现代社会的孤独者。这个过去俯视几千人的教官现在所拥有的是他所特有的寂寞，他害怕的不是死亡，而是时间的无限延长。阿乙对军营生活并无好感，从本性上来说，他是不喜欢这样的生活的，这个从阿乙笔下的军人身上可以看到。“我”觉得何老头儿只是一具木乃伊。每天他走固定的路线，看三轮车上有人下棋，他跟他们吵起来。何老头儿除了打骂“我”之外，不具有老人的慈祥，正是他迫使“我”踢死孔洁的小狗，毒死他的老狗。“我”在内心鄙视这个所谓的教官，“我”从他身上看不到生命的意义。

孔洁是公众眼中期盼的美好的象征：美丽、优秀，但是没有人注意到她的脆弱。在她父亲死后，她成为母亲唯一的财产，被关在门里，像工人那样操练小提琴。孔洁的命运跟“我”没有什么差异，都是单亲家庭，都被母亲驱使干着自己没有兴趣的事情。孔洁在母亲的苛刻下会凋零，“我”在母亲的流放下会变“疯”，只是悲剧的形式不同罢了。“我”选择孔洁就是表现这出悲剧，把一个精美的瓷器当着众人的面毁了。“我”要的就是众人的愤怒、咆哮，就是要众人跟“我”面对面对峙，羞辱他们，而“我”在颠覆的过程中获得她期待的“永生”。

小说还有一个人物李勇，是“我”的同学，跟“我”多少有过一点交情，他告过“我”的密，我们为此打架，李勇输了。在小说中，李勇跟孔洁一样都是“我”“杀时间”的对象。李勇不是英雄，是“我”手下的败将。“勇敢”的意象应该多次闪现在阿乙的创作中，如“我”坐监期间，通过虚构故事来“杀时间”。“我”对人类的失望还表现在对仪式的厌恶上。无论是爸爸去世、亲人“哭泣”，还是孔洁去世她母亲的“痛苦”，“我”看到了他们的虚伪，特别是孔洁母亲信誓旦旦不能原谅“我”，但是在“我”妈妈开出 70 万元补偿费后，她被“收买”了，这更进一步让“我”坚信自己对这个世界的判断是正确的。

阿乙在小说前言中声明了自己的创作意图。作为阿乙的主人公，“我”的行为是世人所不齿的，周围的人都呼喊“杀死他”。从顿悟的时空中，阿乙的主人公只想着“如何充实”他的时间，阿乙说自己着重探究这一动机。作为一名作家，在规范的现实秩序之外提供另一个反常规的可能，尽管是破坏性的，但是这也是人类无限精神领域空间的一部分。当主人公做好事不能使他的生活充实的时候，他就开始做坏事，激怒整个社会，他获得满足感。阿乙所遵从的是加缪的创作原则，真实地再现这个个体的阴郁现实。阿乙表示害怕书写这样罕见的罪恶，所以阿乙最终抹去他的名字，是既想读者看见作品，又想读者忘记它，形式上它只是过去的一封信。

“我”的妈妈在小说中表现得比较具有戏剧性，因为从妈妈的外貌看：手掌上结满老茧，像石头一样又脏又硬，还沾着一根短小的草。“我”出事后，妈妈去烧香拜佛，不久前只有一两根白发，现在为儿子急得满头白发。儿子出事后，一直没有来看儿子，仅仅在儿子面临判决前短暂现身，儿子对妈妈已经没有感情。但是一审判决后妈妈突然横下一条心，要不惜倾家荡产来拯救儿子。她一下子弄出 70 万元的赔偿款，这是一笔非常大的数额，对于这个贫困之家是不可思议的事情。最后，“我”的上诉律师李律师说妈妈卖了家里的店铺和房子，这个设计比较唐突。

阿乙的缺点是很明显的，他枯竭了。“我”作为一位 19 岁的懒惰的高中毕业生，难以获得那样的高度审视自己的生活，他如作家一样虚构自己的生活，讲述灵感如何丧失和对工作的抱怨。重复的细节如一个人睡觉时夹着一根香烟以防自己睡过头，这个细节出现在《下》，也出现在《鸟 看见我了》中其他的短篇里。还有，孔洁母亲报警这个情节在阿乙小说中多次出现。这些细节是阿乙当年做警察时候的经历，他自己也曾坦言江郎才尽，只能吃老本。

阿乙的小说《下》里“我”站在被告席陈述的时候反问底下的观众和法官，那大气磅礴之势可以在卡夫卡的小说《诉讼》里看到：K在初审开庭时，慷慨激昂地谴责司法机构的腐败和法官的贪赃枉法[1]。“毫无疑问，在这个法庭一切活动的背后，以我的案子来说，也就是在逮捕及今天预审的背后，活动着一个庞大的机构。这个机构不仅雇用了贪赃枉法的看守、愚蠢可笑的监督官和养尊处优糟糕透顶的预审法官，而且无论如何还豢养着一个高级的和最高级的判决组织。那里有一群数不胜数、必不可少的追随者，诸如侍从、秘书、警察以及其他助手之类，甚或还有刽子手，我不忌讳用这个词。先生们，这个庞大的机构存在的意义何在呢？它的存在不外乎就是滥捕无辜，给他们施加荒唐的和大多数情况下不了了之的诉讼，就像我这桩案子一样。”[2]

小说《诉讼》从K的表白来说，他生活在一种紧张状态，他高度的理性恰恰暴露了他神经的高度紧张状态，他每天围绕案件思考、自我辩论，走进偏执的境地。K的被害不仅仅在于黑暗司法的迫害，还在于社会高度紧张的生活节奏，人际关系的紧张。个体的神经质状态，只要在一个偶然事件的刺激下，个体的生活就会失去平衡，甚至处于颠覆生命的正常状态，从此走向不归路。从K的偏执型性格我们可以看到阿乙小说中的人物有同样的性格特征，无论是《下》里的“我”，还是《先知》里的朱求是，

❶ 卡夫卡．卡夫卡小说全集［M］．韩瑞祥，等，译．北京：人民文学出版社，2013：237-241.

❷ 卡夫卡．卡夫卡小说全集［M］．韩瑞祥，等，译．北京：人民文学出版社，2013：239-240.

无不是 K 这样的现代人。

卡夫卡对阿乙的影响是明显的。卡夫卡认为，贫穷、疾病、死亡都不是最大的悲剧，最大的悲剧莫过于善良、无辜的受害者至死都无法从虚空、无知的精神上觉醒。

从阿乙的小说《下》《极端岁月》(又题《意外杀人事件》)中可以看到卡夫卡存在主义的深刻影响。《下》最后“我”陈述的时候给法庭在场的所有人当头一棒，超出他们所有人的想象。“我”作案根本就没有原因，没有原因就是作案的最大原因，生活本来就没有因果关系。阿乙展示的就是一个逻辑清晰、理性敏感的精神分裂的现代人，正是利用某种不合理和荒诞发出自己的声音，企图推翻公众赖以自豪的理性和进步。

福柯在《疯癫与文明》中对欧洲文艺复兴以来的疯癫史进行研究。福柯认为，疯癫不是一种自然现象，而是一种文明的产物。正是古典时期以来对疯癫的迫害和歧视，才造就了今天我们所理解的疯癫。在福柯的“考古”中，19 世纪上半叶，为了解决“无理由犯罪”问题，司法实践引入精神病理学，司法机关求助于医学机构。然后，人们认为疯癫是一种疾病，是一种社会危害，必须加以控制。精神病学通过建立疯癫与犯罪的关系及发明“本能”的概念解决“无理由犯罪”问题[1]。福柯意在表明疯癫不是一种“自然的”区分，而是现代文明的“他者”。

存在主义作家阿尔贝·加缪也对阿乙有一定的影响。阿乙的小说《下》中对“我”造成负面影响的一个重要人物就是“我”的邻居何老头。何老头养的那条老狗是一只猎犬，“它抬腿时就

[1] 刘永谋. 福柯的主体解构之旅——从知识考古学到“人之死”[M]. 南京：江苏人民出版社，2009：160.

像一匹老马那样斯文，懒劲十足，有时他和它停下来，他搔手臂，它侧过长着疥疮的背去蹭他的腿。当它趴住不肯走时，他吐唾沫，连续踢它的腹部，说：‘养你有什么用，死了算了。’而它只例行公事般地哼几声。他得用皮带抽，它才努力支撑着，摇摇晃晃站起来。……这是一条永远也不主动叫喊的老狗。”❶

加缪的《局外人》中也有邻居老人与他的老狗，默而索先生同楼层的邻居萨拉玛诺老头，与相伴八年，他们同属一个种类，却相互憎恶。“这只长毛猎犬患了皮肤病，我认为是原虫性肠炎和肝炎，结果狗毛几乎掉光，皮肤上布满棕色结痂和粗糙的硬皮。萨拉玛诺老头跟狗一起生活，长期同居一个小房间，久而久之就相像了：他脸上黄毛稀疏，有多块淡红色的痂皮；而狗也形成主人的姿态，躬腰驼背，伸长脖子，嘴巴往前探。八年来，他遛狗就没有改变过路线，可以看到人和狗沿着里昂街往前走，狗拖着人，直到萨拉玛诺老头绊了一跤。于是，老头子就打狗，狠骂一通。狗吓得匍匐在地，接着让人拖着走。在这种时候，就是老头子牵着狗走了。过了一阵，狗就忘记了，再次跑到前面拖着主人，结果再次挨打挨骂，这样，人与狗就停在人行道上，相互对视，狗吓得要命，人恨得要死。日复一日，天天如此。狗要撒尿时，老头子偏不容它撒完，又硬拉它走，狗尿就滴了一长溜儿。这种情况延续了八载。”❷

《局外人》中默而索先生也是无由头地枪杀了一名阿拉伯人，并且打了五枪，第一枪之后等了片刻再次连续打了四枪。预审法

---

❶ 阿乙 . 下面，我该干些什么［M］. 杭州：浙江文艺出版社，2012：16.

❷ A. 加缪 . 加缪文集：插图本：全 3 卷［M］. 李玉民，译 . 深圳：海天出版社，2016：104–105.

官要默而索先生解释原因，默而索先生无可奉告，并表示自己不信仰上帝，对自己的行为没有什么悔恨。同样，《下》中的“我”也无法解释自己为什么要残忍地杀害孔洁，逾越了社会道德的底线。两部作品都呈现了主人公从开始的无聊生活到犯罪、接受审讯、拒绝忏悔因而被判重罪的过程。他们都希望自己的行为能够引起社会的关注和公众对自己的憎恶，以此来对抗自己生活的虚空。

第三部　《代表作·中间代》[1]

《先知——你可以为之死！》[2]

阿乙出生于20世纪70年代，属于“70后”，这个时代的人被定义为“中间代”。这篇作品也是作者最满意的短篇小说之一，所以是“代表作”，被收录在《鸟 看见我了》[3]小说集中。《先知》叙述了一位知识分子精神分裂、自戕身亡的故事，阿乙在《重合》中也谈到这个短篇的创作[4]。

袁笑非博士，作为哲学专业的顶尖人士，是不屑于阅读一位民间哲学爱好者的来信的。所以，朱求是的信件都没有打开就直接被扔进垃圾箱。这反映了学术与社会的脱节，没有形成人性化的互动，背离了人文学科的价值追求。朱求是在遭受教授、门

---

[1] 阿乙，等.代表作·中间代［M］.北京：北京联合出版公司，2012.

[2] 阿乙，等.代表作·中间代［M］.北京：北京联合出版公司，2012：171–194.

[3] 阿乙.鸟 看见我了［M］.北京：北京十月文艺出版社，2014：76–96.

[4] 阿乙.阳光猛烈，万物显形［M］.北京：北京十月文艺出版社，2015：27.

卫、三位中学老师的羞辱后，开始感到绝望，并且身患癌症。而他自己的哲学探索得不到理解和交流，变成单向的偏执式的发展，他给袁笑非博士的信就是自己在精神错乱状态下写的谵语，走向不归路。

朱求是的故事体现了明显的民间立场，带有一种被主流击垮且思想上略显天真、极端的民间思想。朱求是出生于 1967 年 12 月 28 日，于 1981 年辍学，是改革开放刚刚开始的时期。辍学的原因应该是家庭经济问题，这个在当时是一种普遍现象，小学毕业就开始走向社会。他与别的农民的区别就是爱读书、爱思考。他娶了一个家底殷实人家的女儿，使自己有读书的物质基础。但是他偏爱的是哲学，对哲学的基本问题不得其解，对生命和行为的意义感到困惑。在自己的追问中，他发现周围的人跟他一样不知所以，而且据他观察，是一样的被“庞大的时间”所挤压，生不如死。这种对外界的体验跟他所遭受的癌症痛苦的挤压是一致的，并进一步导致他的病情的加剧。

朱求是的案例也是阿乙探讨的“虐恋”主题。虐恋表达权力结构中的统治与屈从的关系，包括“使对方或使自己陷入奴隶状态，受侮辱、被残酷地对待，受到精神上的虐待，等等”[1]。虐恋在朱求是那里发展成一种精神奴役的创伤，人们失去善恶是非的判断力，失去人性关怀的同理心，丧失在知识面前的理性。对于朱求是的诉求，上到专家学者、老师，下到周围的邻里乡亲，都把朱求是斥之为疯子。朱求是的存在揭露出生活中的黑暗和怪异，对整个社会和人的意义的合理性都提出质疑。社会中的个体被纳入等级规范的系统框架之中，人无法确立自己的独立个性，

[1] 李银河 . 虐恋亚文化［M］. 内蒙古大学出版社，2009：213.

个性的自由遭到扼杀。

朱求是的受虐和社会集体无意识的施虐某种程度上就是虐恋文化的一个隐喻。一个平凡的个体要面对一个等级森严的秩序，将他“镇压”。在小说开篇，第一人称叙述者“我”就在旧书市场目睹大量的“投稿信、应聘简历和自荐书”被扔进垃圾堆。这表明有无数的朱求是，他们的诉求石沉大海、无人问津，就像垃圾一样，处在受虐的状态。

导致他崩溃的是三个事件，一个比一个让他失望。第一个是电影中的一个杀手，他认为杀手杀人是出于空虚。第二个是年轻的学生拥有很好的生活条件却干下让人不齿的罪恶，他认为这个学生也是出于空虚。这个学生就是阿乙的中篇小说《下面，我该干些什么》中的“我”。第三个是他住院期间，在自己最痛苦的时候，他希望世界毁灭，而他的病友也有这样的想法，他崩溃了。因为身边的人集体表露出空虚，证实了他的所谓“发现”：人类的本质是一场战争，要么杀死时间，要么被时间杀死。

朱求是是肺癌晚期，身体的痛苦使他对时间的挤压感更加强烈，晚上难以入睡，每一秒钟都是煎熬。这里可以看到福克纳的小说《喧哗与骚动》中的昆丁，一个人处在痛苦的过程中，秒钟“咔嗒咔嗒”的声响好像每一刻都在夺走他的生命，他无法忍受时间的摧残，最终自戕。爱伦·坡著名的短篇小说《泄密的心》[1]也以第一人称“我”叙述了自己在疯狂的病态压力下杀害一位老人的故事。叙述者无法忍受受害人长了一只秃鹰似的眼睛，在癫狂之中走向了自我毁灭的道路。两个人物都是因为无法忍受痛苦

---

[1] 爱伦·坡．泄密的心［M］．曹明伦，译．合肥：安徽文艺出版社，1999：350–355.

的煎熬而走向精神分裂，最后毁灭。

朱求是在身体痛苦时，厌恨人生的同时也有对生命的深刻体验，构成了人生意义的一部分。对世界刨根问底式的询问是人类的天性，也是一种健康的生活方式。科学需要发现，更需要证明，需要个体用自己的方式证明那些原理和公式。在疑问中，人类文明不断前进。从这个角度看，朱求是有追求真理的勇气，即以悲剧的方式宣泄一种“民间愤懑”。

朱求是对时间的哲学探索是有启发意义的。人类的时间问题在过去不成为问题，因为人类绝大部分时间被为了生存而必需的劳动时间和生活时间所占据，没有什么自主支配的时间来思考。随着科学技术的发展，特别是机器人的发明和应用，人类获得的空闲时间越来越多，关于生命意义的思考成为每一个人面临的问题。怎样支配这些多余出来的时间？有人畏惧而放弃生命，终止自己的时间；有人痛苦，主动干事来消磨时间，而不问干的事情有无意义；有人把时间交给别人来主宰，失去自我。

当然，朱求是的所谓发现是荒诞的，他对人类的主要行为的二分法是没有意义的，因为时间是人的存在方式。对于他“杀时间”的两种结果的论断，他用自己的自戕证明是失败的。他企图用满满的作息时间来填满自己的日子，但是对于一位癌症患者，这些作息都无法执行。所以，朱求是作为当代的“狂人”缺少的不是知识，而是理解和尊重，在一种虐恋的环境中，他只能孤独地自我了断。

笛卡尔说：“我思故我在。”对主体来说，有意识才有存在，没有意识就没有存在。生命的意义在于个体的思考，在于赋予时间以意义。阿乙把时间上升到哲学的高度，借朱求是之口追问人类生存的本源和意义，这正体现了他受到卡夫卡和加缪的存在主义思潮的影响。

卡夫卡的《一份致某科学院的报告》[1]的叙述形式采用书信体，是一种自白式的自我表述。“我”在向笼子外面的人类靠拢的同时，笼子外面的人类却有向“我”所代表的猴类寻求身份认同的倾向。卡夫卡展示了两种身份的纠缠，猴子变人是被迫的，而人变成猴子则是“自愿”的，是人类发展的异化，但是在人类正确的宏大叙述面前，后者必须被人类自身所禁止。在阿乙的小说《先知》中，主人公朱求是以“疯子”的形象存在，他转而到山野去追求人生的意义。他不被周围世界理解和容忍，结局是悲剧的。这两部作品在叙事形式上相似，都采用第一人称叙述，都是对社会底层的表达，对异化时代的脉搏有着独特的把握。

第四部　《模范青年》[2]

《模范青年》(以下简称《模》)的素材来自阿乙的真实经历，他在《寡人》的《于连》[3]中叙述了周琪源这个同事，艾国柱和朋友们看着他走向不归路。他们当初一起上的警校，想在社会上做一个人物，而周琪源钻进理论书本，妄图走出一条不同的路来。毕业后阿乙到了没有柏油路的洪一乡，艾国柱发恶誓，要从最底层干起做一位成功人士。偏僻的地方是容不下理想的。“我要去纽约”只会引发周围人的笑声，这是一个没有理想的地方。周琪源流落到与湖北交界的黄金乡。毕业一年多后，他们两个都混进

---

❶ 卡夫卡．卡夫卡小说全集［M］．韩瑞祥，等，译．北京：人民文学出版社，2013：84–91.

❷ 阿乙．模范青年［M］．北京：海豚出版社，2012: 6.

❸ 阿乙．寡人［M］．重庆：重庆大学出版社，2011: 8.

公安局办公室。周琪源学英语，发表论文，考上研究生（没有去读），发表了几十篇学术论文，但直到死都没有走出县城一步。他没有什么背景，阿乙一眼就可以洞穿他的人生，但是周琪源在进行一场无望的奋斗。他死于鼻咽癌。这些细节在《模》中都得到真实的再现。

《模》里出现过两种深渊，一个是像泥淖一样的封闭乡镇，另一个是按部就班的普通生活[1]。无论是周琪源还是艾国柱，他们的家庭条件在当时的中国都是优越的，端着“铁饭碗”，拥有让农村户口的人无比羡慕的生活。然而，他们在各自的人生道路上都感到不幸福，甚至成为悲剧，这就是值得思索的地方。

艾国柱、周琪源都遵照父亲的意图走上自己并不如意的人生道路，实际上是父亲剥夺了孩子们自由选择的权利。父亲像“残暴而仁慈的君主”，以自己的功利化、世俗化的观念替代孩子做了最重要的选择。这与人对自由向往的天性是背道而驰的。艾国柱选择背叛，离开父亲的光环和家乡的沉闷。尽管自己在外闯荡也是屡屡碰壁，但是因为是自己自由的选择，虽死无恨，不会感到憋屈。而周琪源不敢越雷池半步，不敢抵抗父亲，不敢抛弃自己好不容易积累起来的资本，结果把自己关在囚笼，屈辱地生活，人生弄得像机器一样没有生气，因乏闷而枯萎。

周琪源的人生带有他的家族的宿命性，其实是时代的悲剧性。周琪源的曾祖父曾是一位富有的大米商人，1942 年在试图通过日军防线时被刺杀。周琪源的爷爷有八个孩子，因为生活艰难，周琪源的六叔被父母送人。1959 年，周琪源的爷爷在搬

---

❶ 杨佳娴 . 脱队求活：读阿乙《模范青年》[J]. 南方文坛，2014（6）：66–68.

运公司做推土工，后来饿死。1960 年，周琪源的父亲 11 岁便被送到南城县株良公社的铁匠铺干活。他曾经步行 20 里回家跟另外两个兄弟分吃一个苹果，经历过极其贫苦的生活，他后来把对自己的严苛要求转嫁到周琪源身上，没想到这个要求对新时代的儿子是种摧残。周琪源的三伯父当兵在部队提干，父亲在三伯父的鼓励下在 1968 年也入伍当兵，1971 年退役后进入瑞昌县下巢湖的六二一四工厂，成了公家人，1974 年与厂里工人黄武建结婚。

黄武建来自大城市武汉，1969 年下放到农村。后来因为她父亲是造船厂的科级干部，所以按照政策，黄武建跟着父亲进了六二一四工厂。1975 年，黄武建在武汉市娘家生下周琪源，然后返回瑞昌，不久又把周琪源寄养在南城县的叔叔家直到 20 世纪 70 年代末才将周琪源接回。因为在农村呆了 4 年时间，周琪源变成了野孩子。周琪源小时候是灵动的，调皮捣蛋，直到初一，周水生才开始给孩子“斯巴达式的教育”，“像老兵训练新兵那样训练”，孩子由开始百分之百的被动服从，到后来自觉地主动服从，成了一架学习的机器，变成父亲满意的儿子。

周琪源迷恋母亲的两道武汉菜，可见他的武汉情结，也即大城市情结，代表他应有的身份和理想。他的祖上有过辉煌，但是从祖父往后没有什么快乐和荣耀。1991 年，周水生在担任房产管理的股长期间遭人报复，寻仇的人打了周琪源两拳，周琪源受到惊吓，这也是他当警察的一个理由。周琪源 16 岁时被查出患有鼻咽癌，放疗数月没有效果，进一步检查发现当初是被误诊。随后他又恢复了过去的机械生活，勤奋学习，直到再次被查出癌症身亡。从误诊放疗到确诊癌症，这种戏剧性的变化深化了周琪源人生荒诞的一面。

周琪源在情感上就是个“孤儿”，他得不到武汉亲人的认可，因此有一种怨气，希望通过自己的勤奋学习和努力工作获得失去的大城市人的身份。但是生活中他摆脱不了自己厂矿子弟的命运，不得不认同父亲给他指出的警校道路，这是他现实的选择。周水生和他的三哥、八弟都当过兵，对周琪源职业选择有某种影响。周琪源对自己的父亲也没有亲近之感，生活缺少欢乐的氛围。死亡真正在周琪源身上出现是在2003年，父亲完全靠借钱买了一套房，周琪源彻底放弃了读研究生，“那个隐秘的坏朋友”找上门来。

周琪源勤奋好学，为人正派，但是不爱交际，始终表现出一个孜孜以求的学生形象。他的确有知识、有文化，写了千篇文章，但是自己却陷入巨大的尴尬之中。一方面自己要宣扬正义、公正的理论和实践，另一方面自己处在父辈的关系网之中无法逃脱。地方的复杂关系并非如自己所学到的那么简单，这给周琪源内心造成巨大的分裂，他愈发感到隔离。他因此希望通过努力积累很高的资本可以出去，但是选择的是官方设定的道路，这条晋升的阶梯如此拥挤，以致成功的概率极低，绝大部分都是牌局上的牌手，棋牌没变，只是位置挪个窝。他没有考虑艾国柱那样的“野路子”，在市场化的社会中为自己赢得自由和尊严。

周琪源属于阿乙笔下小城镇“新式官人”[1]群体，他们承载着小城镇官人文化，这种文化由小城镇官场的生存哲学、行政技巧、权术权谋、交际规则等组成。小城镇官场文化远离政治、经济、文化中心，这就决定了它的封闭和狭隘。艾国柱一眼洞穿了

[1] 周永涛．新时期小城镇叙事小说研究［M］．北京：社会科学文献出版社，2012：182.

自己的人生“牌局”，感到绝望，选择逃离，而周琪源深陷其中，身心疲惫到死亡。在存在主义困境面前，个体的选择赋予了生命不同的意义。

小城镇官场文化在阿乙小说中多次呈现。小城镇自身在政治、经济和文化等方面有着天然的局限性。在官方的文化和地方的普通民众眼中，周琪源就是位模范人物，听父亲的话，一身正气，勤奋刻苦，换来的是掌声和赞扬。但是对于他个人来说，这是个悲剧，他在心理上和身体上都发生病变，因为他所做的一切并不是自己希望的那样，他的生活失去自我的灵动，变得消极、机械、沉寂，过早地枯萎。

阿乙在《阳光猛烈，万物显形》的“坏朋友”[1]里讲述了自己写《模》的目的。他特别提到周琪源还有另外一个隐秘的朋友，“那个人总是在下班后，悄无声息地跟进 Z（周琪源）的房间。有时候他们会发生搏斗。但是最终他拥抱他，他也拥抱这个他……”他们说他“穿着一件巨大的像浓云的白袍，走路无声无息，喜欢吃苹果——吃苹果时牙齿与下颚发出机械的声响，而眼神痴呆，就像全身都是个雕像，只有牙齿与下颚在机械地运动”。这个神秘的人物没有人的情感，始终是个幽灵般的存在，正是阿乙描写的死神的形象，与《下面，我该干些什么》中“我”爸爸看到的死神一样，都喜欢吃苹果。

在阿乙笔下，死神是穿白袍的男子，吃着苹果，在令人恐怖的具象之后还有一丝希望和解脱。因为苹果是《圣经》中伊甸园的智慧之果，为上帝所独享，亚当和夏娃不惧上帝的权威，勇敢

[1] 阿乙. 阳光猛烈，万物显形 [M]. 北京：北京十月文艺出版社，2015：107–108.

地偷吃苹果，开始人类的繁衍；苹果落到牛顿的头上，他发现万有引力；乔布斯的苹果手机是被咬掉一口的苹果，象征着人类的好奇和勇敢。阿乙笔下的人物在死亡面前，死神却是拯救者，让个体脱离肉体的不幸走向“永生”。

死神其实早早地就盯上周琪源、阿乙还有很多人，让人恐惧，然而最终恐惧的人会拥抱死神。没有人看到死神，只有在自己感受到死亡威胁的时候才会看清他的面容。死神给患难不得解脱之人带来嘲讽和诱惑，使他们最终难以抵抗，追随死神而去，脱离苦海。

周琪源作为模范青年的典范，从一开始按照制度和父亲的设计追求模范的时候，就已经追随了死神。他一生的轨迹就是从小科员到副主任再到主任这样一个位置的挪动。当他无法跳脱这个环境的时候，他的生命就停止了跃动。这种没有生气的生活等同于死神的阴影笼罩在周琪源的身上。为了摆脱这个命运，周琪源努力过，学英语、发论文、考研究生。但最后他退却了。他选择追随死神，这是荒诞的存在：一方面厌恶这种生活，另一方面却刻苦学习要去另外一个地方重复这种生活，双重的压力汇集在周琪源身上，他患上癌症，得到解脱。

可以说，阿乙笔下的死神是人物在荒诞的现实生活中不得解脱的唯一依靠，把人物引向“永生”。当追问人物悲剧的时候，阿乙给出死神这个表象的符号和存在，真正的死神则是这个荒诞的现实，是现实的矛盾交叉在人物的身上，使个体丧失自我，变成矛盾的载体，发生病变，最终患癌、死亡。

第五部 《灰故事》[1]

阿乙 2008 年出版了第一部中短篇小说集《灰故事》，算不上成功的小说处女作[2]。这些小说写于 2004—2008 年，人物的命运大多是灰色的，这是一个灰暗的世界：有郁郁不得志的文艺青年，有在小城镇感到极度无聊、乏味的青少年，还有乡土世界里的那些农民、妇女、孩童、婚姻的受害者、警察、凶手，等等。他们大多认识到自己生活的黑暗，但是又没有办法获得解脱，导致最后精神分裂，要么杀人，要么被人杀，要么放逐自己，冷静地等待死亡的降临。

这部小说集有六个部分：第一部分《极端岁月》是一个极端惊悚的案件；第二部分《乡村派出所》聚焦当地权力生态，浓缩了当地的人文、社会面貌；第三部分《男女关系》聚焦爱情、情爱的本质；第四部分《记忆与少年》包含缅怀童年和少年时代的见闻及成长体悟；第五部分《小镇：上帝不要的人》聚焦当地不同人群的生存处境；第六部分《杜撰集》则是阿乙虚构的故事，大多具有梦幻、传奇和志怪的特色，带有魔幻性质。

这部小说集在主题上比较集中：在一个被剥夺幻想和光明的灰色世界里，人变成了一个局外人，容易陷入宿命的、悲观主义的处境。作者再版序中承认，这本书有太多模仿的影子，包括对皮兰德娄、博尔赫斯、阿利桑德罗·巴里科、小仲马、余华、莫言，甚至对一些电影的模仿。这本书奠定了作者一生写作的母

---

❶ 阿乙 . 灰故事［M］. 重庆：重庆大学出版社，2012.

❷ 钱佳楠 . 因果罪疚与反对诠释——阿乙论［J］. 上海文化，2015（5）：15.

题，包括对“上帝不要的人”的深刻同情、对“得不到”的宿命般的求证，以及对人世的悲凉体验。《灰故事》的常态问题，如万花筒一般绚烂，但缺少智性上的愉悦。

1.《**极端岁月**》

《极端岁月》三易其稿，初稿为《情人节爆炸案》[1]，二稿为《世间》，都写于2008年前。《灰故事》收三稿《极端岁月》，《鸟看见我了》（2014）则又收一稿《情人节爆炸案》。

小说中的凶手为了表达自己的价值，选择以自杀式爆炸的方式，试图毁掉长江大桥，最终酿成15人死亡、23人受伤的特大惨案。爆炸现场惨不忍睹，办案人员都难以忍受，狂吐不止。

小说开始，“我”（民警范老二）看见一只鸟儿在空中盘旋，观看这一幕人间悲剧，没有不感到惊悚的。“我”目睹了爆炸现场，惊惧、易怒，身体的反映是恶心、厌恶，对人类的自相残杀感到极度失望。失望的还有空中的鸟儿，如果鸟儿代表上帝，上帝也是悲伤的，人世间的血腥比动物界更加野蛮、荒诞。

对于这样的“恶心”读者不会感到陌生，萨特就写过一部小说《恶心》，主人公洛根丁刚刚失恋，精神快要崩溃，独自旅行，来到波维尔市，住在一家廉价的旅馆里，发现身边的各色人等都是一些唯利是图的人，表情僵硬、毫无生气。生活的变化使他坠入虚无感，在市图书馆认识了一位博览群书的人文主义者，受其影响开始读书，一个人每晚都听同一张叫《在一些日子里》的唱片。洛根丁的冒险生活从这里开始，一种奇异的“恶心”感孤魂野鬼般尾随着他。洛根丁不知道是自己变了还是这个世界变了，

---

[1] 阿乙.鸟 看见我了［M］.北京：北京十月文艺出版社，2014：97–150.

一切都令他作呕，这是一种难以忍受、无法理解的存在。萨特把个人选择提高到一个至高无上的地位，人的选择要对自己负责，对自己负责就是对社会负责，这样所有选择都是选择，萨特就陷入了一种宿命论，陷入选择的虚无主义当中。

阿乙的小说《早上九点叫醒我》中，艾宏梁在失恋后也感到空虚，经常对着吊灯饮着白兰地，听着 Fleetwood Mac 乐队的歌曲，他反复听着歌，在灯光下写着始终不发出去的情书。而“恶心”更是阿乙着力表达的存在困境。《极端岁月》通过民警范老二揭示犯罪现场的“恶心”无处不在；短篇小说《敌敌畏》中实习生解剖的恶心；《粮食问题》中李志对父亲的黑手蘸着口水数钞票感到恶心；《缶、否、fǒu》恶趣味带给人恶心；《马脚》谈到丑女人的恶心。恶心、呕吐展示了人物对存在的反应——在人生经历突变之后对陷入虚无、厌恶的境地。在经历痛苦或不幸之后认识到存在的虚无性，恶心是一个必经的过程，从中可以看到存在主义大师对阿乙的深刻影响。萨特在评价自己的小说《恶心》时认为自己站在社会斗争之外，以“局外人”的视角写作，缺少现实意义，阿乙在这点上接近第二次世界大战前萨特的立场，保持了文学与现实社会政治的距离。

小说中，张其翼是资深的法医专家，可以做出非常精准的分析，对破案发挥重要作用。他也是“我”的“导师”，在谈笑怒骂中向“我”传递出他的专业素质。他的奇特的行为方式与普通民警相差很大，面对血腥的爆炸现场谈起来津津有味。在检查完恐怖的碎尸之后晚上还能好吃好喝。其实这些都是这位经验丰富的法医的外表，他的内心非常痛苦。他在分析时对家人电话的厌烦就可以看出他内心是愤怒的，以及对人世间仇杀的苦闷。

张其翼长期研究爆炸，不知不觉中也对爆炸产生畸形的兴趣。他研究了一辈子，见识过无数的恐怖镜头，但是他没有真正体验过爆炸的滋味，而这是他最大的梦想。他从爆炸案的背景分析中发现人世的荒诞性，他对自己的工作既爱又恨。最后，他因为实验一种炸弹把自己炸得粉碎。张其翼为自己的人生设置这样一个结局，暗示他对人类爆炸的厌恶，以自己的无影无踪的爆炸、消失给世人一个既恐怖又没有痕迹的存在主义者的结局。

2.《乡村派出所》[1]

《一件没破的案子》反映了警力被滥用的荒诞案件；《在流放地》反映了小民警在乡村的挫折和绝望；《敌敌畏》是民警对乡村妇女自杀案件的调查；《小卖部大侠》中警察成为当地权力作恶的帮凶；《国际影响》中民警目击当地权力的虚伪；《面子》讲述了小民警在当地的腐败。这里 6 则故事都是从民警“我”或“我们”的视角来讲述乡村派出所涉及的案件调查及与当地权力部门的关联，构成当地权力系统的一个部分。

2.1《在流放地》

卡夫卡写过一篇小说《在流放地》[2]，其中陪同旅行者的军官是“旧神学的幸存者、上帝和罪恶的信徒中残留的一员”。军官参与或主持流放地的宗教仪式，对老指挥官的崇拜，军官与新指挥官的分歧，军官对被判决者的刑罚，以及军官为旅行者讲解杀人机器的工作程序，都紧紧围绕“审判、惩罚、净罪”这个中心，形成一个严密的仪式过程。旅行者摆脱日常生活，乘船来到

---

[1] 后面的阿拉伯数字序号有缺失，表明删节部分，后文不再注释。

[2] 卡夫卡．卡夫卡小说全集［M］．韩瑞祥，等，译．北京：人民文学出版社，2013.

流放地进行朝圣旅行，之后又乘船离开，回归日常生活，完成了“世俗、神圣、世俗”这样一个完整的宗教朝圣仪式。在流放地这个严肃而又神圣的地方，旅行者受到巨大震撼，他的心灵得到净化，让他度过了一段“神圣的时光”。

卡夫卡在这里把仪式发展到极致，阿乙也写过一部同名的短篇小说《在流放地》[1]，而阿乙的小说也表现了极强的仪式感。在阿乙的小说中，“我”昨天收到暗恋女友的来信，这封信形同一封法院的判决书，判定他们关系的结束。“我”感觉被正式宣判放逐。这是对“我”的羞辱和惩罚，而在昨天之前的两年时间，“我”被流放到这个鸟不拉屎的偏僻乡村，经历一段漫长的贬谪。因为在与民警老王打牌中遭到老王的再次羞辱和嘲弄，所以“我”是处在遭受惩罚的进程中。在这个仪式上，阿乙与卡夫卡都表现了共同性。

“我”在故事中遭受三重打击：实习地的偏僻、女友的抛弃、民警老王的虐待，最终是对未来生活勇气的坍塌。“我”从老王身上看到自己未来命运的可悲，心里更加感到悲凉。“我”上厕所时，看到粪缸里的蛆虫，从蛆虫身上看到自己可怜的命运。这个故事带有自然主义色调，人受到环境和遗传因素的影响。

阿乙自己曾经是一位被爱情折磨得死去活来的青年，《在流放地》《情人节爆炸案》《意外杀人事件》等小说中的小警察都看到阿乙自身的影子。

2.2 短篇小说《敌敌畏》

阿乙以死亡向读者展示长期被漠视的、生活在底层的百姓的

---

[1] 阿乙．灰故事［M］．重庆：重庆大学出版社，2012：93–99.

精神状态。"我"在香城派出所实习，目睹了一起法医尸检案件，阿乙详细描述了叶凤英正在腐烂的尸体。叶凤英如一片"叶"子，但是父母起名字的时候是寄望她是"凤"是"英"，合在一起是"最美的花儿"。但她是位平凡的妇女，没有人关注她的心理，没有人关心她为什么爱哭。她小时候赖床暗示她耽于幻想，在家的时候天天想嫁人，是对家里孤独、无味生活的厌倦；嫁出去了又天天想回来，是对婚姻的失望。叶凤英这朵最美的花，聪明伶俐却无人欣赏，她对庸俗、羞辱的生活感到绝望，因此自戕成了一种无奈的选择。

2.3《小卖部大侠》

故事叙述了一位癫痫病患者张大侠，他每天幻想自己是一位会武功的大侠。这个故事反映的是受冤屈的百姓无处伸张正义，只能在胡编乱造中自我安慰。村长最后嘲讽张大侠生活在幻想的世界里会更加快活，比真实的世界要好。

2.4 国际影响

"公路到达别的县的时候，还会继续朝前走，去武汉去陕甘宁去罗马，到了我们县却是走到尽头，走不动了。我们县除了有一家温州发廊，没别的流动人口了，而等到全国人民都不玩呼啦圈时，我们又呼啦啦玩起来。我们县就是这样，就是世界的一段盲肠。"[1] 用盲肠做隐喻，那盲肠就是世界的尽头，濒临一个死亡的、未知的世界。阿乙认为自己的家乡在这个世界上可有可无、无足轻重，是一个被世界遗忘的地方。这里还有尽头的尽头——"阮家堰"，阿乙推测这个地方是"徒然留下一个地名。不会是因

[1] 阿乙．灰故事［M］．重庆：重庆大学出版社，2012：111.

为战乱，战争不会深入到这里，这里是价值极低的世界尽头。”[1]

阿乙警校毕业后，一路往低走，“省——市——县——镇——乡——村……不可能有比村更往下的地方，世界的尽头。我在这里谈了两段恋爱，说起来可能只是为了找点事做。……（我）发誓，现在就出发，去镇，去县……去市，去省城，去沿海，去直辖市，去首都，去纽约”。[2]

“我”与所长、户政科长偶遇，感慨岁月无情，一个人一眼就洞穿自己的一生，生命变得了无生趣。

2.5《面子》

头天晚上，女友愤怒地离开，可见是“我”提出分手，女友才说要报复“我”。第二天她带来的年轻人实际是她的表哥，报复“我”的无情。在《寡人 · 面子》中阿乙同样批判自己当年找对象为了面子而犯下的错误。

3.《男女关系》

该小说投射的是阿乙自己过去暗恋的失败和遗憾，那是一段空虚、无聊、伤痛的岁月。整个故事以男女关系为主题，注释阿乙在《寡人 · 失恋》中提出恋爱中的“末端理论”。女人选择“包子”往往是错误的，剩下的暗恋的对象都是“油条”，很可能都是一起牺牲的对象。“油条”爱恋的对象毫无意义，体现的是男女关系中荒诞的一面。在这个荒诞的故事里，阿乙隐晦地把F拒绝自己的回信写到小说里。阿乙的小说没有圆满的爱情，要么是偷情、背叛、争吵，要么就是纯粹的、不爱爱人爱爱情的虐

---

[1] 阿乙 . 情史失踪者［M］. 南京：译林出版社，2016：194.

[2] 阿乙 . 模范青年［M］. 北京：海豚出版社，2012：10–11.

恋，结果都是一样——死亡、衰老、疾病等阴暗的结局。

4.《记忆与少年》

《下午出现的魔鬼》反映乡村儿童的顿悟；《黑夜》反映乡村儿童的恐惧；《一九八八年和一辆雄狮摩托》反映乡村少年的成熟；《毕生之始》反映少年对乡村乏味生活的厌恶。《记忆与少年》中的四则故事反映阿乙童年的记忆和成长少年的困惑与苦闷。

5. 小镇：上帝不要的人

《一九八三》讲述了待业青年沦为囚犯的故事；《黄昏我们吃红薯》是关于一对农村夫妻自杀的故事；《阿迪达斯》关于山区学生犯罪；《粮食问题》反映中学生犯罪；《都是因为下雨》反映中学女生遭受的打击；《自杀之旅》讲述乡村中学老师的故事；《葬礼照常进行》讲述乡村儿媳虐待老人致死；《再味》反映乡村女孩的跌宕人生；《百分之五十》反映农村子弟成年后的分化、异化。这些故事聚焦学生、待业青年、中学老师、农村青年夫妻和中年人，无一例外都处在荒凉地带的边缘。

其中，《都是因为下了雨》叙事方法在阿乙的一类小说中有代表性，可以从后经典叙事学的视角来加以探讨，获得深层次的理解。这得简单回顾一下叙事学的发展变迁，传统文学批评聚焦作者的写作意图，批评者的主要工作是各种形式的史料考证，以发掘和参透作者的意图。英美新批评兴起之后，强调文学批评的客观性，将注意力转向作品自身，把作品视为一件独立的艺术品，不考虑作者的写作意图和历史语境。

以福楼拜和詹姆斯为先驱的现代小说理论对作品的形式技巧

特别关注。俄国形式主义者什克洛夫斯基和艾亨鲍姆率先提出新的两分法"故事"和"情节"的区分。法国结构主义叙事学家托多罗夫受什克洛夫斯基等人的影响，于1966年提出"故事"与"话语"这两个概念来区分叙事作品的表达对象与表达方式。

叙述者的不可靠性由布思在《小说修辞学》中首次提出，如今成为叙事学的一个核心概念。"我把按照作品规范（即隐含作者的规范）说话和行动的叙述者称为可靠叙述者，反之则称为不可靠叙述者。"[1]申丹认为对不可靠性叙述的探讨往往涉及的是第一人称叙述，而不是第三人称叙述[2]，笔者认为不可靠性可以扩展到第三人称叙述者，成为修辞性叙事学的一部分。布思提出两种类型的不可靠叙述者，一种是叙述者叙述的故事事实的不可靠，另一种是叙述者对故事、事实的价值判断的不可靠。詹姆斯·费伦后来增加一种感知的不可靠（"知识/感知轴"[3]，但是笔者认为费伦新增的第三轴可以涵盖在布思的二分中）。

读者在阅读一个故事时，面对的故事中既有人物的叙述，也有叙述者的叙述，当人物、叙述者和读者在事实或价值判断发生分歧时，质疑叙述者叙述的不可靠性问题就发生。当人物的功能和叙述者的功能发生分离的时候，就增加了读者判断的困难，并可能由此增加文本的陌生化效果。

经典叙事学就是结构主义叙事学，它是在俄国形式主义，尤

---

❶ Wayne C.Booth.The Rhetoric of Fiction［M］.Chicago：University of Chicago Press，1961：158–159.

❷ 申丹，王丽亚.西方叙事学：经典与后经典［M］.北京：北京大学出版社，2010：82.

❸ 申丹.叙事、文体与潜文本——重读英美经典短篇小说［M］.北京：北京大学出版社，2018：60.

其是法国结构主义的影响下诞生的[1]，大致时间是20世纪60年代至80年代初。结构主义叙事学于20世纪60年代中期产生于结构主义发展势头强劲的法国，然后成了一股国际性的文学研究潮流。结构主义叙事学关注的焦点从文本的外部转向文本的内部，注重科学性和系统性，着力探讨叙事作品内部的结构规律和各种要素之间的关联。以作品为中心的形式主义批评有其局限性，因为它隔断了作品与具体社会、历史和文化环境的关联。但是结构主义研究叙事作品的建构规律、形式技巧对我们认识一部作品的多面性是大有价值的。

20世纪80年代初以来，西方学者将研究的焦点转向意识形态的研究，聚焦叙事作品的社会历史环境，将作品视为一种政治现象，将文学作品看作政治斗争的工具。他们走向了形式主义研究的对立面，就如形式主义批评一样它也表现自己的局限性，完全忽略作品内在的规律和特征，结果就导致文论的单调和机械，失去艺术的活力，变成另类的"考古"。20世纪80年代后期以来，在西方产生的女性主义叙事学、修辞性叙事学、认知叙事学等各种跨学科流派则被称为后经典叙事学[2]。

在2000年前后，西方学者再度重视对叙述形式和结构的研究，认为小说的形式研究和小说与当时社会历史之间的关系的研究不应该相互排斥，而应该相互补充，从而促进叙事理论研究的发展。这次的转向强调读者和社会历史语境的作用；重新审视那些经典叙事学的一些理论概念；注重叙事学的跨学科研究，扩张

---

❶ 申丹，王丽亚．西方叙事学：经典与后经典［M］. 北京：北京大学出版社，2010：2.

❷ 申丹，王丽亚．西方叙事学：经典与后经典［M］. 北京：北京大学出版社，2010：6.

研究的方法和路径，克服自身的封闭性[1]。新叙事理论指的是20世纪90年代以来西方的后经典或后现代叙事理论，是对结构主义叙事学的反思、创新和超越。

小说《都》是第一人称“我”叙述，小说的主体是“我”倾听另一个人物南方客人讲述的故事。如果从后经典叙事学的角度来看，将读者语境化，读者的价值判断并非追随叙述者的态度，可以看到文本存在“我”叙述的不可靠性，也即这个南方客人并非如“我”所述的那样猥琐吝啬、面目可憎。在叙述者“我”的视角里，“我”招待的这个南方客人很古怪，他的一举一动、饮食都不符合社交礼仪，甚至很无礼，但是他通过讲述故事的方式告诉“我”他的理由，“都是因为我们穷”。他小时候经历的家庭贫困，兄弟争吃；他讲述的农红的故事也是与贫穷有关。“我”虽然没有表明自己的态度，但是从“我”的简单回答可以看出“我”的不满意，南方客人给“我”一个答案，“都是因为我们穷”。

叙述者的态度使得小说整体获得一种简单的理解。但是深层次的探究会发现，阿乙的叙述技巧是增强故事的张力的，因为“我”不是阿乙，是小说中的人物。读者在阅读时会发现作者和叙述者之间的张力，为什么“我”没有拂袖而去、接受南方客人的无礼？不仅“都是因为我们穷”，而且当时“都是因为‘我’很穷”，“我”请的南方客人对他很重要，“我”不得不在南方客人面前表现得顺从。南方客人的故事戳痛的不仅是他自己，而且还有这个叙述者“我”，“人穷志短”，所以才会有叙述者内心的嫌恶。这是这个故事背后的故事，这样理解小说的时候，就能参

[1] 米勒．解读叙事［M］．申丹，译．北京：北京大学出版社，2002：2.

透南方客人所谓的“傲慢”和“冷漠”，就能读懂第一人称不可靠叙述所带来的新的理解维度。

6.《杜撰集》

《杜撰集》包括8则故事，阿乙给这8则故事贴上的标签是“杜撰”，让读者在虚构的语境下理解这些故事。《狐仙》让人联想到蒲松龄的《聊斋志异》,《春天》《蝴蝶效应巨著》《世界》《明朝和二十一世纪》《八千里路云和月》《下沉村的童话》带有梦幻和传奇色彩,《五百万汉字》则是间谍小说。

第六部 《春天在哪里》[1]

前言

这本书搜集了阿乙的九个短篇。这些小说创作于2009—2012年，都是一些奇异的故事，却又带有一种原始的恐怖。小说中“我”经历了更多的磨难和难堪，但是“我”感到虽败犹荣。阿乙笔下人物却有一种隐藏在内心的挫败感，失败的人生、爱恋、死亡和欲望[2]。《阁楼》里的刘国华是个失败的男人，以死威胁朱丹，被后者杀害。《杨村的一则咒语》中儿子在外混得潦倒，进了有毒工厂亡命。《发光的小红》中“我”曾是一个穷困潦倒的诗人。《正义的晚餐》中的彭磊生活失意。《春天》的春天被穷困所驱赶，最后被玩弄、谋杀。《北范》讲的是一个失败的读书人。

[1] 阿乙.春天在哪里[M].北京：中国华侨出版社，2013.

[2] 郑超.被切割的欲望——阿乙的生死爱欲模式[J].上海文化，2013(9)：32–39.

《小镇之花》是在户口制度下女性挫败的故事。《午后》是男孩的游戏致人死亡，折射成人监护的失败。《猎人》展现的是失败的爱恋导致的荒诞感，“世上没有比爱情更扯淡的东西”。《灰故事》直接打上颜色的标签来奠定小说集的基调，到了《春天在哪里》阿乙直接发问：希望在哪里？

1.《阁楼》

福克纳的著名短篇小说《献给艾米莉的玫瑰花》（*A Rose for Emily*[1]）作于1930年，叙述没落的贵族小姐爱米莉，因为父亲的阻挠，一直没有成家。直到父亲去世后，30岁出头才有一位男友，但是男友离开了她。到她74岁去世时，人们才在楼上发现她当初男友的尸体。原来40多年里，她一直在跟男友的骷髅睡在一起。

阿乙的故事有着类似的恐怖、怪异和突变的结尾，他借一桩命案写出爱的盲目和惊悚。朱丹把自己的男友杀害，藏在阁楼之上10年后，才被母亲无意中发现并报警，这起谋杀才被曝光。朱丹为什么会走上这条死亡之路，其背后的成因才是关注的焦点。

2.《杨村的一则咒语》

阿乙在《〈杨村的一则咒语〉源起》[2]中讲述了自己创作这部小说的灵感。当初记者杨继斌给阿乙讲了一个故事，阿乙的小说

---

❶ 吴伟仁. 美国文学史及选读：第二册［M］. 北京：外语教学与研究出版社，2002：290–302.

❷ 阿乙. 阳光猛烈，万物显形［M］. 北京：北京十月文艺出版社，2015：148.

大致保留这些情节，反映乡村的邻里嫉妒。基督教中就把人的罪恶归为七类，即“七宗罪（Seven Deadly Sins）”，其中之一就是“嫉妒（Envy）”。英国著名作家威廉·萨默塞特·毛姆的短篇小说《患难之交》（*A Friend in Need*）就是反映这一题材的杰作，其中的人物爱德华·海德·伯顿因为嫉妒间接害死自己的同胞伦尼·伯顿，标志英国爱德华时代绅士精神的堕落。阿乙的故事反映的是江西农村的两位邻居之间的嫉妒心理。这种嫉妒部分源于自身生活的缺失。

故事结束的时候，钟永连接受吴海英的安抚，两位母亲坐在一起听着打工仔爱听的英文歌曲，歌曲唱出的正是母亲对失去的孩子的怀恋。这是阿乙作品中难得见到的温柔一幕，女性的问题需要集体的力量来帮助解决。

3.《**发光的小红**》

这个故事源于对一组照片的阅读，阿乙阐述了自己的创作方法。小说反映了阿乙的三种习性：煽情冲动（让读者哭）；卑微的骑士精神（“我”最终拥抱了她）；自怜（无休止的自怜）。

小说开篇一句来自白居易的诗《放言》：“周公恐惧流言日，王莽谦恭未篡时。”没有引用的后一句是：“向使当初身便死，一生真伪复谁知？”第二句引自蒲松龄的《聊斋志异·瑞云》：“此奴终身发轫之始，不可草草。价由母定，客则听奴自择之。”瑞云十四岁时，老鸨蔡婆婆要她接客，瑞云说：“这是奴家人生的开始，不能草率随便。接客的价格由妈妈你定，要接什么样的客人，由奴选择。”瑞云乃杭州名妓，阅尽富贵显达，无一相中，却许意余杭贺生，贺生无力娶之。来一高人在瑞云额头点一下，自此瑞云蓬头垢面如鬼，被钟情的贺生买回以妻子相待，后来在高人的帮助下，瑞云恢复美貌，贺生与瑞云终得幸福。

瑞云的故事具有启示意义，只有才子才能珍视对方价值，他感情细腻，才会品味出对方感情的点滴，才不会因为贫穷富贵、丑陋美丽而改变初心。蒲松龄借贺生的嘴说："天下只有真正的才子才懂得真正的情感，不会因为美丑而改变他的意志。"瑞云与贺生突破世俗的爱情婚姻观念，他们的结合是可歌可泣的，这是一个美丽而令人神往的魔幻故事。在阿乙的故事中具有反讽的意思，无论是那位诗人还是小红，都没有坚守自己的初心，因此变得庸俗不堪。

这个故事读者同样可以从后经典叙事学的角度加以解读，从文本一头一尾叙述者"我"不多的几句话可以看到叙述者的故事。小说的主体是"我"讲述小说人物诗人的故事（诗人用第一人称叙述），是异故事叙述，即叙述者并非诗人故事中的人物。文本开头暗示诗人是个老板，在昨天的面试会上负责招聘，而叙述者"我"就是诗人的一个面试者。今天"我"坐在诗人面前，表明"我"已经被诗人录用。也即在上班的第一天，诗人向"我"讲述他的故事，似有炫耀自己的美德之嫌。在昨天的面试上，诗人说"我知道你好赌成性"，这表明诗人与"我"过去并不陌生，彼此熟悉，很信赖他。可以推测"我"是一位有"赌博"恶习的文化人，而且口爆粗语，是一位生活比较潦倒之人。

阿乙创设这样一位有瑕疵的叙述者，目的是开篇给读者暗示他叙述的不可靠性，增加读者阅读的难度，但是从叙述者的故事读者发现叙述者骂诗人"神经病"的故事是可靠的，即叙述者是一个高洁之士。开篇诗人说"我已经老了"，诗人的确是虚伪矫情的俗物，形成前后的形象反转。作为真正的诗人"我"为了工作不得不接受伪诗人的领导和培养，正是"我"感到郁闷的地方。如果读者从文本的互文性来看，阿乙的小说《作家的敌人》中就展示这样的结构，一位真正的伟大的作家却不得不接受一批虚伪平庸作家的指导，最后泣血而亡。后经典叙事学中，读者是非常重要的，围绕叙述者的可靠性问题可以增加文本的理解维度，这就是修辞性叙事学探讨的范畴。

4.《**正义晚餐**》

阿乙在《阳光猛烈，万物显形》的“镇压”[1]中叙述创作该小说的任务、人物、背景、叙事及内容，《正义的晚餐》基本再现了这个故事情节。

这个故事开端引用恩格斯的一句话：“性爱按其本性来说就是排他的”。吕伟是一位40多岁的文物研究员，因为沉醉在自己的事业当中，而冷落了自己的妻子。虽然吕伟有内疚之感，但是他并没有从根本上改进他们之间的生活。

5.《**春天**》

阿乙在《阳光猛烈，万物显形》的“妄想症”[2]里谈到故事创作的来源。《春天》写了一个被毁坏的女人，是位有些神经质的妓女，纯真又愚钝。这也是一则画家害死一个寄宿在他家的在KTV工作的年轻女子的故事。春天是个不幸的人，从她的出身到她的后来的朋友圈都让她陷入厌世的泥潭不能自拔。

这篇小说，阿乙非常成功的地方是使用第一人称进行叙述，

---

❶ 阿乙. 阳光猛烈，万物显形 [M]. 北京：北京十月文艺出版社，2015：326-328.

❷ 阿乙. 阳光猛烈，万物显形 [M]. 北京：北京十月文艺出版社，2015：256.

即叙述者是叙述的故事中的人物，参与叙事的进程。第一人称叙述者就是杀害春天的凶手陈庆，直到最后读者才能看到真相，看到结果的时候意料之外又是意料之中。因为前文做了大量的伏笔，显示陈庆的厌世、冷酷、堕落。而另一方面，叙事不断地增强陈庆叙事的可靠性，他的名人身份就是一张可靠的名片，叙述中也展现他仁慈、淡定的一面。在小说开始，陈庆在殡仪馆看到春天的父母和男友，他们一一登场，陈庆相对客观地平静地讲述，叙述一对不负责任的父母，他们逃跑了。陈庆叙述春天男友的虚伪，因为男友看到春天的遗体狂吐不已，看到春天的遗物忏悔得悲痛欲绝。读到这里，读者感到春天的死因在于家庭和男友，不会怀疑到陈庆身上。第四、第五节在警察局，面对报社记者的追问，陈庆指责报社借机炒作不尊重逝者，一下子让自己站在道德的制高点，争取自己判断的权威性。陈庆能够在警方面前陈述线索，能够在妻子面前显示自己的正确。第 10 节到第 14 节，由近及远，叙述者叙述他与春天的五次冲突。在小莉面前，陈庆展示的是春天的怪癖和神经病，通过小莉对自己的支持来赢得自己叙事的可靠性。

而在陈庆独自跟春天在一起的时候，他才暴露出邪恶的一面。他不停反拨电话纠缠春天，这样的报复让陈庆走向极端，他叙述自己如何杀死春天的经过，这样的可靠性颠覆了前文对陈庆形象的建构，展示了一个病态的强迫症患者的犯罪心路历程。

所以，叙述者的不可靠性必须有叙述者的可靠性相同步，这两条线交织在一起推动叙事进程，最终叙述者的可靠性证明其不可靠性，无论是价值轴上还是事实轴上，读者都要做出分辨。一部优秀的小说一定需要高水平的读者，读者获得对作品新的理解深度或新意的时候，就是增加作品意义的新的维度。这新的维度没有读者的领悟是不可能呈现出来的。

6. **北范**

范如意的姓氏“范”（“进”也是“如意”）使人联想到《范进中举》。《范进中举》是清代小说家吴敬梓创作的一篇讽刺小说，节选自《儒林外史》。该作品描写范进参加乡试中了举人，最后喜极而疯。而范如意的命运跟范进有相似之处，都是“科举”制度的牺牲品，都是寒门子弟，都是因为“科举考试”而变疯。范如意是因为幼年教育中擅长背诵而得“神童”的美誉，但是因此沉醉于背诵式的学习方法而中考失利，泯然众人矣。他对自己过去失败的反思并不到位，他知道“背诵是死胡同，思考才是真功夫”，但是从一个极端走向另一个极端，完全陷入主观思考。

7.《**小镇之花**》

阿乙在《阳光猛烈，万物显形》的“南方的黄昏”[1]谈到《小镇之花》的任务。在读完卡森·麦卡勒斯的一篇小说后，阿乙想描写家乡南方小镇的黄昏。阿乙写作的目的在于再现南方女性的心理，其背后是深刻的身份差距。

8.《**午后**》

阿乙在《阳光猛烈，万物显形》的“模仿”[2]中谈到《午后》创作的源起。《午后》是一则关于儿童的故事。安安两三岁的年纪，爸爸妈妈去了外婆家，中午奶奶睡着后，安安溜出来找大孩

[1] 阿乙．阳光猛烈，万物显形［M］．北京：北京十月文艺出版社，2015：168–169.

[2] 阿乙．阳光猛烈，万物显形［M］．北京：北京十月文艺出版社，2015：165.

子玩。这些孩子是知道保护安安的，在玩铁环的时候，看到安安跑到石板桥上，都吓得不轻。他们知道安安落入水中的危险，就教育他，并把他送回去。但是童心爱玩，安安不愿回到那单调的家里，不愿整天在奶奶那双干枯蜡黄的手里。所以他回头又加入大孩子们的游戏“包青天怒铡陈世美”。长得最剽悍的做了包拯，中不溜的做了王朝、马汉，所以安安这个最小的孩子做了大坏人陈世美。他们使用的是打谷场上铡稻草的真铡刀，结果酿成惨祸。

9.《猎人》

这篇含有阿乙自己的亲身经历，在《寡人·情书》[1]中有所描述。这是一封厌世者写给不知名的收信人的信，写信人是“某人”（即信中的“我”），收信人是“莫某”（“莫”是“不或无”，所以“莫某”也意指另一个“某人”），表明写信人和收信人都是不明确的特指，指向的是社会中的这两类人，是泛指的概念。小说题目是“猎人”，这是小说的主题，用猎人和猎物的关系来比拟两性关系，揭示出残酷、镇压、征服的自私心态。《猎人》诠释了阿乙存在主义的哲学观念，人生就是“杀时间”，在不断的“镇压”中摆脱负累。

第七部　《鸟 看见我了》[2]

这部小说集共收集了9篇小说：《意外杀人事件》讲了一个外地精神病患者意外杀了红乌县6个人；《小人》是睢鸠镇小人

❶ 阿乙 . 寡人［M］. 重庆：重庆大学出版社，2011 ：18-19.

❷ 阿乙 . 鸟 看见我了［M］. 北京：北京十月文艺出版社，2014: 8.

杀人的故事;《先知》是精神分裂症患者自杀的故事;《情人节爆炸案》是同性恋报复社会的恐怖行为;《鸟 看见我了》是乡民奸杀妇女的案件;《巴赫》是关于失去爱人变疯、自杀的故事;《翡翠椅子》是孩子得怪病死亡的故事;《隐士》讲述了一位精神分裂患者的故事;《虎狼》是重病患者痛苦死亡的故事。

这是一部是以城乡为载体的权力批判的作品。《鸟 看见我了》和《小人》中直接出现以鸟看人的视角，这是一种隐喻，隐喻阿乙对文本空间的鸟瞰姿态，使作者这个全知全能的视角找到了一个上帝般的具象：鸟。阿乙表达的对这个世界的悲悯显然是与众不同的，他强调“我看到了”，但是作为“鸟”，不是上帝，甚至含有戏谑的色彩（“鸟人”）。“鸟”无力阻挡世间的丑和恶，这是阿乙一直要表达的一个主题：荒诞。

人的信仰由过去信仰的“上帝”变成一只“鸟”，表达了芸芸众生的无奈和自嘲。阿乙说：“我写小说的时候喜欢化身为鸟，也是因为这个上帝视角。”[1]阿乙把自己想象成带着嘲笑俯瞰人类的鸟儿，摆布人物的命运，超出了主流的认知。作为“被上帝抛弃的人”知道人类是无法认知自己的，只有上帝才能俯视他（她）的所作所为。

扉页：“给活人”

前言：我比我活得很久

这是阿乙2010年8月10日凌晨写的一篇前言，表达了自己对写作的贪恋，表达了对舅舅的敬仰，阿乙引用瓦西里这个笔名，以显示自己对艺术的敬畏。

---

[1] 许知远.阿乙：我的脑子里就像野火在烧［M］// 衷声，主编.单读：09.桂林：广西师范大学出版社，2015：10.

1.《意外杀人事件》

这部小说最早发表于《人民文学》2010年第10期，当时题为《那晚十点》。小说的主要素材来自阿乙故乡发生的一个事件，在阿乙的《寡人·偶然》[1]中，阿乙给出了大致的故事线条。阿乙在《阳光猛烈，万物显形》[2]中列出了这篇小说故事发展的时间表，谈到他的创作思路和写作手法的来源。故事源于一起真实的案件，阿乙侧重表达这起悲剧的荒谬性。阿乙谈到《意外杀人事件》的叙述手法是受《911后面的历史》这本书的启发：采取时间分段，多角色聚焦，同步叙述，给人一种风暴将至的紧迫感。

这是阿乙的第一部中篇小说，分别叙述了6个“病人”：有的是精神不正常，有的接近中风，有的过度肥胖，有一个是智障，他们都是社会的弃儿。而凶手是一个阳痿患者，病人杀害病人，叙事以红乌县火车站的命运起伏为序幕。火车站于1997年建成，成为当地人的希望。但是一纸文件“大提速”，希望被无情地粉碎，而之后带来的屠戮更成了县城不能承受之痛，折射历史时空下的痛点。

小说是第一人称叙述，有单数的“我”和复数的“我们”。“我”是固定的，是红乌县公安局的一名民警，妻子是乡下中学的老师。

小说中有猿猴这个情节，在阿乙的故事里是有出处的。在

[1] 阿乙. 寡人[M]. 重庆：重庆大学出版社，2011：190.

[2] 阿乙. 阳光猛烈，万物显形——北京[M]. 北京：十月文艺出版社，2015：209–213.

《寡人·偏执》[1]中，阿乙诉说自己八年暗恋之痛，在初恋女友面前，他感到自己面对着一只猿猴，她对阿乙说“请你离开”，他感到自己的美好生活毁灭，他在孤苦无依时想象她，以获得精神慰藉。阿乙看村上春树，就编排女友是母猿。

阿乙猿猴的构思也可能来自卡夫卡给他的灵感。卡夫卡的小说《一份为某科学院写的报告》讲述猴子变人的寓言故事。熟悉达尔文进化论的都知道猿猴如何变成人的，但卡夫卡认为猿猴进化成人，可以在数年内完成，甚至在一夜之间完成。猿猴变成人完成了文化启蒙和宗教启蒙[2]。启蒙并非自愿，实际上是同化的过程，启蒙者和被启蒙者之间的关系并非一成不变，可以相互转化。而人变成猿猴并非外力所迫，而是自愿退化。女友变成了猿猴，表达的是暗恋者的失望。

卡夫卡小说具有寓言性的特征，他说“有一个寓言，正捏着生命的痛处”。《判决》是一篇关于“父子冲突”的寓言；《变形记》里，人变成甲虫，则是一个关于当代西方社会人的异化的寓言；《诉讼》是关于“审判”的寓言，既是对有罪的审判的，也是对审判的审判；《城堡》是一则包罗万象的寓言；《在流放地》是一则有关罪与罚的寓言。而阿乙的《意》则是有关被抛弃、被背叛的寓言。

2.《小人》

阿乙在《阳光猛烈，万物显形》的“双层推进”[3]中，谈到

---

[1] 阿乙．寡人［M］．重庆：重庆大学出版社，2011：70.

[2] 曾艳兵．卡夫卡的眼睛［M］．北京：商务印书馆，2011：157.

[3] 阿乙．阳光猛烈，万物显形［M］．北京：北京十月文艺出版社，2015：219.

《小人》创作中注重明暗两条线描写。在明处的是所有人都看见的，是有疑问的；在暗处的是真实，制约明处的进程，暗处逐渐浮现的时候，就是真相大白的时候。

小说第一句是“假如我们是一只很大的鸟儿……我们就能看到这样一些事情”。小说叙述者是第一人称复数“我们”，代表的是雎鸠镇的普通百姓，通过不同位置和时间展示他们的所见所闻，给读者呈现这个故事的全部风貌，让读者对故事作出较为合理的理解。

小说描写了一个真正的小人，卑鄙、无耻、罪恶的骗子冯伯韬。这出悲剧中死了三位，陈明曦、他的父亲、何老二。何老二死于小人之手，陈明曦则是死于骗子之手。这些悲剧的成因里有“我们”，集体叙述者“我们”没有很好地监督这个案子的过程，看到一切，却没有勇气来质疑、反抗。这篇小说可以看到福克纳对阿乙的叙事影响，《献给艾米莉的玫瑰花》中集体叙述者“我们”成为案件的共谋。他们的叙述未必就是可靠的，比如《小》中称李喜兰“良家妇女”就明显是“我们”不可靠的称语。

描写知识分子贫穷的生存状态在现代文学中并不陌生，从早期的郭沫若到当代作家阿乙，知识分子在物质上感受到的痛苦远远超过精神上的痛苦。《地下的笑声》中的戈阳因为穷困病死在阴暗的防空洞里。物质的匮乏造成人物难堪、绝望的处境，而知识分子又特别敏感，觉得不可能的事情却偏偏发生在自己身上，从而斯文扫地，跌入贫困的悲惨境地。陈明曦表现了知识分子荒诞的一面，知识的富有与物质的匮乏之间的悖论。

3.《先知》

参见《代表作·中间代》[1]。

4.《情人节爆炸案》

参见《灰故事》(2012)中的《极端岁月》[2]。

5.《鸟 看见我了》

《鸟 看见我了》是这部小说集的书名，足见它所代表的书的主题。鸟如上帝高高在上，俯瞰人世，目睹人间的一切悲苦，没有人可以逃脱鸟的凝望。鸟是普通百姓，他们就是汪洋大海，道听途说，每一个细节都会被群众记录下来传播，最终汇成完整的事实，把犯罪分子绳之以法。鸟也是单德兴自己的良心，他是有罪之人，无法摆脱犯罪对他心灵的纠缠，这只鸟儿一直让他心怀恐惧、如履薄冰，最终死在这种遭受折磨的道路上。这部小说反映了卡夫卡对阿乙的影响，属于“鸟儿寻找笼子”的存在主义主题。阿乙曾经写过一首诗歌《作恶》[3]，反映了《鸟 看见我了》的这一主题。

6.《巴赫》

这是一对爱人无法重逢的悲剧。父母亲给孩子包办一切。父母亲办事先斩后奏，父亲先自杀，弄得儿子别无选择，在母亲的

---

❶ 阿乙，等.代表作·中间代[M].北京：北京联合出版公司，2012：171-194.

❷ 阿乙.灰故事[M].重庆：重庆大学出版社，2012：7-84.

❸ 阿乙.阳光猛烈，万物显形[M].北京：北京十月文艺出版社，2015：345-346.

哭诉面前，儿子只有唯唯诺诺，听母亲安排一切，在母亲设定的框架内行动。这一切造成孩子生活的不幸福，父母亲把自己的意志、生活方式强行施加给孩子，剥夺孩子自主生活的权利，活生生地拆散了一对鸳鸯。

实际巴礼柯是一个平凡的俗人，他在大部分生活中都中规中矩，不越雷池半步。他在母亲和体制的规训下，已经失去了自我。等到有一丝良心发现的时候，已经垂垂老矣，对一切都没有任何影响了。故事结束的时候，他依然还是那样中规中矩地生活，只是身体机能在下降，开门变得不够灵敏，象征一个生命的虚伪。这种毫无意义的生活突出了小说的悲剧性。阿乙用“巴赫”这个名字，即巴赫的《无伴奏大提琴组曲》来暗示一种悲剧的激情，这正是小说的基调。

7.《翡翠椅子》

叙述者在开始就喊“读者”，以与读者直接对话的方式讲述故事。故事的讲述中并没有出现“我”这样的第一人称叙述者，而是以第三人称讲述。

这是一个有关梦的故事，卫华向父亲讲述一个奇怪的梦，但是父亲听完后证实说，这个梦是真的。这里有一些疑团需要解开，卫华“兄弟”为什么会死掉？根据后来的老医生分析，他死得很惨，却死因不明，只知道脸色惨白。根据卫华母亲的回忆，当初他们第一次见到这个孩子时，孩子怕光，患有一种非常罕见的疾病。

8.《隐士》

故事以第一人称“我”讲述自己的回乡见闻，叙述自己高中同届校友范吉祥的悲剧故事。范吉祥在长期的压力、苦闷、憋屈中精神出现问题，患了精神分裂症，他情绪失控给“我”带来恐惧。正是“我”的忍耐和柔软，才躲过范吉祥可能的伤害。

范吉祥身上可以看到阿乙自身的影子，一个背叛的女人给恋人带来的伤害。阿乙在 8 年的暗恋失败中，把自己关起来雕刻心中的女神，不断地变换她的形象（比如上文提到的“猿猴”），有时候是惩罚式的，阿乙笔下的这一类女性正是这些情感的反应。

9.《**虎狼**》❶

小说的背景是阿乙身边几位至亲陆续病故，包括爷爷、奶奶、堂叔，还有重疾的父亲。这时候阿乙自己也病了。2014 年前后，正是阿乙被“虎狼”之病突袭的时候。小说的题目是“虎狼”，谁是虎狼？一定是有受害者的，因为有悲剧。所有这些不幸都与算命先生有关，是他们的宿命判断让信徒走向不归路。

俊峰妈在阿乙的小说中属于一种类型：对孩子非常尖刻、固执、成为孩子的“杀手”。俊峰妈偏爱俊峰，对俊峰妹妹冬梅和弟弟志峰比较刻薄。俊峰妈这样的母亲一辈子为孩子操劳、省吃俭用，想的是没日没夜地挣钱、造房子，为孩子娶个好媳妇生儿育女。但是孩子们最需要的是一个幸福、有人关爱的童年，因为没有人指导和关注，他们失去快乐，甚至是生命。当父母亲在这样做的时候，孩子从小就宣布“死亡”，父母亲为孩子造的新房和积累的财富因此变得没有什么意义。

俊峰下雨不打伞与死亡存在联系。阿乙在《寡人·雨》❷中提到该篇的这个创作灵感。雨中不打伞的男人，这是阿乙在忧伤

❶ 阿乙．情史失踪者［M］．南京：译林出版社，2016：112-168.
❷ 阿乙．寡人［M］．重庆：重庆大学出版社，2011：24.

的时刻想到的忧伤。“那个下雨从来不打伞的爸爸，几十年后出现在路人的嘴里。路人拉着我说，我就知道会出事，他从来不打伞，雨水就打在他头发里。”这是阿乙在设置人物命运时，人物悲剧的技术性来源。阿乙在《阳光猛烈，万物显形》的“伏笔Ⅱ”中提到这种创作方法。下雨不打伞暗示人物对自己身体健康的冷漠和对人类的疏离感，是反常的现象，契合故事中的人物处境，是透视人物命运的一道“裂缝”。

从这篇小说能看到爱伦·坡对阿乙的影响。《厄舍古屋的倒塌》中的厄舍作为一个没落贵族，一脉单传的继承人与自己的妹妹产生暧昧关系，他预感到自己及家族不可避免的灭亡命运便变得惊恐不安，最终在精神分裂中亲手活埋了自己的妹妹，结束了这个家族的历史。阿乙的人物俊峰妈也是沿袭这一悲剧的逻辑，最终害死了儿子和自己。

第八部 《阳光猛烈，万物显形》[1]

《阳光猛烈，万物显形》是阿乙的随笔集，书写的节奏缓慢，内容零碎，比较贴近阿乙的生活。这本随笔集收录了从 2011 年至今的文字与小叙事（但随笔内容并非限于 2011 年之后），大部分是阿乙生病后创作的。这部随笔集表达了阿乙对自己过去生活的见闻和反思，以《艾国柱》开头，他思考的起点是自己人生的开端；以《左拉之子》结束，他认可自己为何走到今天的样子。前者是自己的家世，后者是自己的启蒙老师，指出他为之奋斗的

---

[1] 阿乙．阳光猛烈，万物显形［M］．北京：北京十月文艺出版社，2015.

事业和理想。

相对于《寡人》来说,《阳》中阿乙更多了一份阳光和理性,生活的视野更为开阔,批判的思维更为理性,对生活的见解更富有哲理。整部作品契合他的感观,人到中年,身体指标亮起红灯,正是“阳光猛烈”。在世易时移之后,阿乙洞穿了人生、世界和自己的无奈,发现自己是如爱默生所写的一个“透明的眼球”[1],“世界再无新鲜事”,“万物显形”。阿乙用一种哲学式的真理断言作为这部随笔的书名,比较集中地概括了自己这一时期的思想。

阿乙随笔

(后文的小标题阿拉伯数字序号为笔者所加,非阿乙原著所有)

A 艾国柱

阿乙在本书的开始突出自己的出生时间、父亲、母亲。阿乙于 1976 年出生,是成长在改革开放后的一代人。父亲是公家人,母亲是农民,阿乙的荣耀和羞耻来自这两种身份的对冲。

美国作家海明威说一位作家需要一个不幸的童年。而父子冲突就是常见的孩子的不幸。卡夫卡也是这样,卡夫卡与他父亲的矛盾深刻而又长久,童年时代就遭受过父亲的体罚,黑夜里被父亲关在阳台上,父亲在他的眼里是“暴君”。《判决》是一篇关于“父子冲突”的寓言,“父子冲突”不仅是表现主义的重要主题,而且也是整个西方现代派文学的重要主题。陀思妥耶夫斯基、波德莱尔、爱伦·坡、萨特等作家对这一主题都有过精彩而又令人震撼的表达。卡夫卡表现了父子之间的依赖和对立,一种两难的

---

[1] 李宜燮,常耀信 . 美国文学选读(上)[M]. 天津:南开大学出版社,2002:120.

境地。

卡夫卡与他的母亲和三个妹妹的关系也不融洽。卡夫卡酷爱写作，但是在官僚机关耗费生命。他情感之路坎坷，三次订婚，三次解除婚约。他一生都感到灵魂的不安，他是犹太人，但是不信犹太教；曾渴望死亡，但是等到死亡真正来临，他又那样热爱生命。卡夫卡其实一生都为自己的身份而感到焦虑。他生于布拉格，葬于布拉格，他的创作全部是在布拉格完成的。但是他不属于布拉格，更不属于捷克。卡夫卡一辈子都在努力逃离布拉格，他在家乡从来就没有归属感。

卡夫卡一生大部分时间生活在奥匈帝国，但是他不是奥地利人；用德语写作，但是不是德语作家；属于资产阶级，但是他对这个阶级嗤之以鼻；身为犹太人，与犹太人的宗教和文化有深刻的隔阂；是一位表现主义者，现代主义者，又是一位后现代主义者。卡夫卡去世后不久，西方现代主义 / 后现代主义文学的诸多流派均将卡夫卡当作其先驱或宗师，如表现主义、超现实主义、存在主义、荒诞派戏剧、新小说、黑色幽默、魔幻现实主义等。

卡夫卡婚姻失败主要来自他父亲对他的摧毁性的力量，他无法跨越心理的障碍，“我精神上显然没有能力结婚”[1]。父亲的影响使他形成了恐惧、懦弱和自卑的性格。纵观阿乙对自己心灵的敞露，阿乙的父子冲突、情感挫折、故土的嫌恶对他的负面影响不亚于卡夫卡，两位作家都经历过许多相同的人生轨迹，从阿乙的两部随笔集中看得更为清晰。

---

❶　卡夫卡 . 卡夫卡小说全集［M］. 韩瑞祥，等，译 . 北京：人民文学出版社，2013：352.

B

B.1 报复

这是一个勤劳者的寓言故事。他们整个春天不干活，嘲笑那儿干活的农夫，认为农夫比他的牛更愚蠢。入冬时，他们没有粮食吃，就找农夫乞讨。农夫要他们在心里保证说，不要把他的成功归功于老天爷，要说他们感恩他的伟大而慈悲。然后，农夫才给他们米，让那些有自尊的人因为羞耻而退却。阿乙强调个体能动的重要性，不要把问题都归结为环境或天意。故事寓意不要嘲笑勤奋的人，否则会有报应，阿乙也强调慈善的美德。在《寡人·异人》中，阿乙也聚焦懒人，把他们称为“异人”。

B.2 豹子

阿乙在梦中遇见豹子，豹子驯养人是他们的姨爹。他们跟着姨爹出发，旅途漫长，目的地遥遥无期。豹子吃肉、不凶，人吃米饭和菜叶。这个豹子隐喻成长中的险恶，阿乙和孩子们是成长中的人，由长者带领在人生的道路上前进，虽然前方险恶，但是安然地走向远方。

B.3 北岛

这部分阿乙回忆自己跟诗人北岛的交往。北岛办的《今天》代表纯文学，阿乙选择这条道路，要做文学的仆人。北岛让阿乙发现自身的价值，对阿乙的小说创作有直接的影响。《阁楼》[1]创作的灵感就来自北岛的诗歌《仅仅一瞬间》。

---

[1] 阿乙．春天在哪里［M］．北京：中国华侨出版社，2013：1–22.

B.4 比喻

对方的眼神很亲切，勾起的是一种相同的过去。雨水落下的声音让人流连，感觉不断地向自己靠近。

B.5 表演模式

阿乙这篇评介芥川龙之介的《手绢》。短篇《手绢》描写了一位教师在阅读斯特林堡的《剧本创作法》，其中提到演员惯用的“表演模式”。

这里有叙述关系的复杂性：阿乙是真实的叙述者；通过阿乙的视角看到的是芥川龙之介的叙述，这是一则短篇小说；芥川龙之介的小说中一个主要人物，是位教师，通过这位教师的视角看斯特林堡的《剧本创作法》和他的死去的学生的母亲来访，这时教师看到单重表演和双重表演。演员成功掌握一种表演手法就会形成惯性表达，单重表演有时会不自觉暴露不适合这个手法的情境；现实生活中的人会用表演来掩饰自己的内心，但是表演的不成功暴露了自己内心的痛苦。总之，这些都是舞台内外的表演模式，就如作家在展示人物故事的意义，用什么手法都给读者留下探究的空间。这种通过多重视角观看故事的进程是阿乙运用得比较成熟的创作手法。

芥川龙之介的短篇《山药粥》叙述了一名凄惨的下等武士，饱受侮辱，最大的理想就是能喝山药粥。而当理想实现的时候，他发现自己也吃不了多少。阿乙指出了小说“见厌”的主题，长久沉溺于一物，就会心生厌恶之感。最重要的是人生要有所追求，而这名下等武士就是用渺小的理想麻痹自己的生活，变成苟且偷生。由此寓言故事可以看到阿乙创作的导向，即摆脱俗不可耐。

B.6 病人

病人面对生命的威胁和痛苦，表现出焦躁和不安。有时候医生也不是万能的，缺少药物医生也没有办法，而病人却不相信医生的话。阿乙说的是医患之间的不信赖关系。

B.7 捕鼠者

阿乙提到自己准备写的另一个短篇《南杨》。南杨是一位乡镇的侠客，是一位道德捕鼠者，他的存在压缩了众人的自由空间。阿乙的故事提出了一个问题，我们怎样对待社会中狂热的执法志愿者，对社会中人们的错误如何处理。因此，必须在法治的框架下来审视这些问题，一个人所犯的过错要与他所受的惩罚相一致。

B.8 不真实感

阿乙在听到医生的建议后，感到不安，这与当时的环境形成共振。在那一刻，阿乙看到了生命的脆弱。外面天气炎热，卖煎饼的汗如雨下，保安躲在阴暗处，高架桥上车水马龙。世界还是那么生龙活虎，一切跟往常一样，但是对于阿乙来说，生命已经是个转折点，他病了，有可能是性命攸关。当处在一个要离开人世的关口，人很自然就有一种梦幻之感，生命何其短暂，真实与虚幻在生命的转折时刻消弭界限。

在疾病的痛苦上，阿乙跟卡夫卡竟然也相似。卡夫卡一生体弱多病，曾患有胃病、便秘、头痛、失眠、神经衰弱等，最严重的是肺结核。卡夫卡为了写作而拒绝友谊、爱情、婚姻和家庭，他选择他自己所惧怕的那份孤独。回顾阿乙的文学之路，不顾身体健康拼命地写作，给自己带来无法挽回的损失。

C

C.1 岔口

阿乙透露自己离开郑州的原因是不喜欢郑州，想尽可能摆脱“郑州”的一切影响。2003 年，那位女友声称自己当时可以挽留阿乙，其实是错的，她不懂阿乙当时的心。同年在上海，又一个女友无意中说出她有郑州生活的经历，阿乙 2004 年就又离开上海，逃避郑州的气息。可见郑州是阿乙的伤心之地，他不想跟它有任何的联系。他离开郑州就是一次重大选择，人生的转折点，所以阿乙称之为岔口。

C.2 城市腹地

这是阿乙下午乘坐的士穿行在城市腹地有感而发。现代城市的扩张令人生畏，城市的“钢铁森林”取代原始森林，未来的变化还难以预见。代表城市延伸的是柏油路，犹如黑夜中黑色的种马，但没有过去马的雄美和豪气。柏油路令人不安、甚至震惊。柏油路如黑色的血管四处延伸，代表的是自然的忧郁和伤心，只有灾难降临之时才会看到天神的愤怒。

C.3 赤裸裸的哭泣

2013 年 3 月 17 日，WBO 次中量级过渡拳王争霸赛上，29 岁的俄罗斯人鲁斯兰·普罗沃德尼科夫事实上打败了卫冕拳王布拉德利。但结果是：一个被自己揍得不行但是没有揍倒的人，利用对规则的熟悉，盗取了胜利和伟大。究竟什么是成功和失败？一个坏的规则会让胜利者赤裸裸地哭泣。某种程度上，阿乙就是另一个鲁斯兰，他事业上成功，身体却垮掉。

C.4 池塘上的旅行

这里的“我们”是阿乙这样的读者，在前辈的文学海洋里旅行，看到名人的幽灵。阿乙把目光转向小说背后的真实故事，没有这些真实的故事也就无所谓伟大的小说，艺术是生活的艺术。

C.5 重合

阿乙在《重合》里谈到短篇《先知》的创作，《先知》收录在《代表作·中间代》[1]《鸟 看见我了》[2]里。朱求是是位民间哲学研究者，在对抗中走向疯癫，自杀身亡。朱求是自认为发现人类潜意识的共同话语，那便是杀时间。

阿乙看毕希纳的话剧《雷昂采与蕾娜》，雷昂采认为人的一切活动都是出于无聊（等同于朱求是的“杀时间”）。博尔赫斯的小说《永生》中有一句题记：所罗门说，普天之下并无新鲜事。也即人类在干着同样的事情。阿乙引用《先知》的一位读者的观点，这位读者发现圣经《传道书》就有关于人生虚空的句子。可见《先知》所反映的主题是个古老的哲学命题，追寻人的价值和人生的意义，是有关人的存在的阐述，是历史的“重合”。阿乙点出的是现实世界人本主义、人文关怀和人道主义精神的匮乏，一个作家真正关注的就是人的存在和价值，作家在聚焦普通人的生存状态的时候，就是在救赎那些混乱的心灵，为他们提供一种希望。存在主义的最大价值就是对人的发现，对主体的尊重。

---

[1] 阿乙，等．代表作·中间代［M］．北京：北京联合出版公司，2012：171–194.

[2] 阿乙．鸟 看见我了［M］．北京：北京十月文艺出版社，2014：76–96.

C.6 磁性

阿乙提到人们所谓的优势、优点是一种“人造”的磁性或魅力。造成这种现象的是人们的惰性思维，夸大某一个因素的力量，人们对此深信不疑，自觉、不自觉地将这个魅力最大化地加以利用，却忽视人的兴趣的发展和理想的追求。

C.7 存在

比比妥是一个长约半里的洞穴，是活人跟死人交流的一个幻想的渠道。阿乙在这里引用这个新闻表达了对死亡的思考，这与创造比比妥的人是一致的，活着的人带着提前预知的孤独走向这个终点。活着的人从来不知道另一世界，但是总是对那个世界充满敬畏和好奇。为了克服恐惧，就不断地用创造来填补这种虚空。只要人类不会消亡，这个“新事”就会无穷无尽，这就是人存在的悖论。阿乙的小说展示了人物的存在是主题之一，特别是人物存在的荒诞感。

D

D.1 等待

一本翻译杂志创刊六十周年的纪念会上，有一位七十多岁的译者，才华横溢，通晓七门外语、精通三门。他用三种语言朗诵歌德的作品，朗诵进行到一半的时候，阿乙看到他的苍老，“穿着呢子料制服的死神走进来，摘下手套，坐在空荡荡的最后一排，一言不发地端详着他”。阿乙总是在一个即将死亡的人身上找到死亡的“尸斑”或腐臭，他闻到了这位才子即将去世的味道。在一个人功成名就的背后，一个非常有意义的人生，在死神面前就变得空虚和孤独，没有所谓的高尚。在死亡面前，人就显得荒诞，每一个人都在等待着这个终点，而又不得不强忍欢笑、奋斗成功。

D.2 掉了

这首短诗里阿乙讲述了他家乡的一个方言“掉了”的意思。作为不熟悉的读者初次看到这个情境，有多种猜测。一个年轻人被压在卡车轮胎下，他的叔叔逢人便说“掉了”。其方言的意思是：一件东西永远地毁掉。他的叔叔担心侄子可能会永远残疾，这是一件不幸的事情，所以他到处惊呼。而普通话里的“掉了”未必是一件严重、可怕的事情。

D.3 对比

这里阿乙介绍贝纳尔多·贝托鲁奇导演的《末代皇帝》，其中陈冲饰演的婉容在片子前头风华绝代，后来吸食鸦片成了骷髅状，前后的对比反差太大。婉容在北京做皇后两年，后被驱逐，离开紫禁城。婉容到天津后生活更加丰富多彩，在天津的第七年，淑妃文秀与溥仪离婚后，婉容受到丈夫的冷落，她又开始抽鸦片。再后来，她孤独地死去。这样的强烈对比在历史上都是罕见的。阿乙也曾关注过茶花女的美和死后腐烂尸体的恐怖，阿乙对“美”变成腐朽有着作家的独特敏感，小说《春天》里的人物春天就是这类人物的代表。

E

E.1 恶人

阿乙这里设计的是一幅世界末日图，善人和恶人的终极大战。在地球即将毁灭前，恶人被善人围困在即将失守的城堡里，他要么服剧毒，要么用手枪自杀。在共同的世界即将毁灭前，善人战胜恶人还有什么意义？都没有未来。在阿乙的故事里，经常会看到人物是没有是非观念的，他们作恶或行善只是一种生命的存在形式，并没有善恶之分。人类自相残杀是没有意义的，阿乙在《灰故事·世界》探讨疯狗（自认为是“善人”）跟恶狗之间的决斗。

E.2 儿子

这部小说根据《换子疑云》与“狸猫换太子”的传说改写。故事的开头就暗示故事的普遍性：每个镇上都有一个像阿珍这样的女人，是个寡妇，只有一个儿子小明相依为命。小说叙述了一个工厂寡妇失子的悲剧。阿珍这个可怜的寡妇，长得没有女性的典型特征。她在众人面前总是一个被生活压弯了腰的劳动者形象。

小说体现了阿乙的主题风格，主人公遭受不公正的羞辱。阿乙用魔幻现实主义的手法再现这个卑微的小人物存在的荒唐性。

阿珍报警这个情节在阿乙小说中重复过多次，反映作者的悲剧诉求。阿乙在两部随笔集里多处展示删除、修改的章节，这是阿乙创造的一个特色。除了虚构的文本，还有自己认定真实的文本、可以删减的文本。这些真真假假的文本构成了一个整体的阿乙艺术，召唤读者的参与，相互印证、诠释，建构起作者的思想和故事。

F

F.1 翻身

这个随笔只有两句话，22 个字，写出了一个秘书的翻身。秘书这个职业颇具戏剧性。阿乙两句话就点出“大肚子”的权力符号和权力分配。

F.2 方位

阿乙在这里点出方位“东南西北”“左右”的差异。“东南西北”在地球上是固定的，太阳升起的地方是东，落下的地方是西，地球的两个极点也是固定的：北极和南极，这样“东南西北”与地球形成了永恒的关系。“东南西北”是以地球为中心建构的，是人类生存的栖息地的客观而又方便的认识，是不以人的意志为转移的。而“左右”就不一样的了，“前后左右”以人的主体的位置为中心，在人体上，左手和右手是不会变化的，身体的前后也不会变化。但是人只要转动身体，“前后左右”看到的都会发生变化。“前后左右”这个图标是为每个个体的位置提供便捷服务的，是个体认识的需要，个体可以随时变换这个坐标，具有能动性。

F.3 分水岭

阿乙说的分水岭指的是《水浒传》中人物的性格差异。“史进、李忠抱住劝道：‘哥哥息怒，明日却理会。’两个三回五次劝得他住。”虽然同是劝，都表现出谨慎、忍让，但是史进是替鲁智深着想，不能因小失大；而李忠是不想给自己惹麻烦。鲁智深则脾气火爆，阿乙认为他扮演的是个“道德楷模”，装模作样像个上帝。《水浒传》中鲁智深是个疾恶如仇、行侠仗义之人，因为看不惯弱女子金翠娘受镇关西郑屠欺辱，本来是想教训他一顿，不想失手杀了他。的确，鲁智深有滥杀的一面，有在朋友面前逞威风的一面，但有史进、李忠这样的朋友相助，有些问题不需要这样的表演。

F.4 缶、否、fǒu

这里阿乙提到一种“恶趣味”，他习惯将人们去除、逃避或者不敢面对的东西过滤，然后展示出来给读者看。人们厌恶的东西未必就是不合理的，这些让人恶心、惊悚的东西恰恰真实地反映人们生活的另一个侧面，是生活的一部分。只是人们的刻意，造成大家看不到、意识不到这些真实的生活。所以，阿乙说他的作品是一切温柔、幻想的敌人，他刻薄地直接告诉读者，他是提供一种恶趣味的。

F.5 伏笔 I

伟大的作家都是埋伏笔的高手，如《红楼梦》中的“草蛇灰线，伏行千里”，即使曹雪芹只留下前 80 回，后面的结局也看得明白。阿乙这里点出三位作家吉川英治、胡赛尼和阿里桑德罗·巴里科埋下的伏笔，独具匠心。阿乙对这些大师的伏笔极为欣赏。

F.6 伏笔 II

这里阿乙只给两句：

餐馆。

“记得别放葱。”

百度中有这样一篇文章《阿乙：“请记得不要放葱”，这就是小说的开始》[1]。阿乙强调小说创作的灵感有的来自对人类行为的

---

[1] 阿乙在中英文学翻译与创意写作培训班上的演讲。

研究。在阿乙的创作中，他常常为丢失灵感而悔恨。后文《阳光猛烈，万物显形 · 诗句》继续探讨灵感的问题。

G

G.1 告别

阿乙看待老者的眼光很苛刻。这位穷困的老者白发苍苍，脸上布满棕色的斑点，口腔里的味道透出重病在身。他在牛肉面馆，年轻的伙计给他端来一碗面，并说“最后一碗了”。没想到这句成了谶语，老者在吃完这碗面后，靠在外面的柳树上安静地死了，到薄暮时分人们才发现他去世。在老者吃面的时候，阿乙还说他“像衰朽而贪婪的动物，恬不知耻”，“一头老而不死的动物”，可见这位老者是在人们的嫌弃中、孤独地死去的。阿乙把这样的老者比作“干燥的屎”，奇臭无比、令人生厌，这些都反映阿乙对丑陋、衰朽的敏感，并没有侮辱老者的意思，这是将死之人的真实影像，一般人们选择忽视、不愿正视罢了。阿乙善于捕捉垂死之人的迹象，用语不多但却精准地刻画出这些人的特征，埋下很好的伏笔，从阴冷的一面展示人的存在。

G.2 个体

海明威的《世界之都》中，帕科在小旅馆打烊后玩斗牛，意外地死于自己的游戏。他死了，周围的人没有停止他们正在干的事，就好像帕科之死没有发生一样，马德里的观众情愿为演员的表演失望一周时间。同样的荒诞情节也发生在别的地方。海明威的作品就像海面上的冰山，他露出的只是巨大冰山的一角，庞大的内容和意义都潜伏在海面下。地铁死人这个情节在《正义的晚餐》中得到再现，衬托世人的冷漠和艺术家残存的一点人文气息。

海明威也注重“重压下的优雅”（Graceful under pressure），他笔下的人物虽死也要像英雄一样倒下。《世界之都》淋漓尽致地揭示了一个卑微的个体没有得到周围尊重的故事，个体的存在没有意义，甚至成为大众的绊脚石，变成荒诞的存在。他们生的时候没有人看，死的时候没有人怜惜。在这样的环境里，个体会扭曲，会像帕科一样疯狂，提前死去其实是一种解脱。帕科做不了斗牛士，当不了斗牛场上的英雄，但是可以在游戏中非常逼真地与死亡做游戏，结果真的付出了生命的代价，这是一种让人沉默的“优雅”。在《下面，我该干些什么》的“我”身上也可以看到帕科的影子。存在主义的个体就是以自己的选择自由来展示自己的存在，以对抗荒芜、冷漠的世界。

G.3 根底

这里阿乙介绍他的爱情挫折及对他文学创作的影响。在他的第三个本命年（2012 年），他道出了自己的孤寂，长期在艰苦的环境中进行写作，他是自己作品唯一的读者。在 1997—1999 年的乡下夜晚，他在派出所的宿舍里写永远发不出去的情书。在长达 8 年的时间里，他都耿耿于怀：初恋女友为什么对他避而远之？后来阿乙遇到另一位女人，只是因为他没有及时给她买一件衣服而分手。恋爱本来就不能一厢情愿，后来阿乙终于明白自己初恋失败的根源。

G.4 寡淡

奥维德在《变形记》中有 5 种叙事方法，这些叙述方式，阿乙也在自己的创作中反映出来。这些叙事方式让阿乙想到自己小时候的所见所闻。阿乙感兴趣的是富人是否看到穷人的故事？穷人的故事比较“寡淡”，“说着说着就不说了，只是一杯杯地喝”，当天色晚了，自然就散了，比不得那些富有人家不分昼夜。一个社会如果富人不懂穷人的故事，富人不懂穷人的“寡淡”，那是非常危险的事情。

G.5 归来

《归来》是改革开放后一对乡村男女恋爱幻灭的故事。小翠当年仅仅凭着一见钟情就守住三年不结婚，等着男子的盛大回归。她寄望的是自己个人命运的升迁，不再回到农村做一个贫穷的农村妇女。当男子不能实现自己的梦想时，她选择回避是她的理性。阿乙对女性的描写带有自己的感情色彩，她们表现出人性的弱点，如嫌贫爱富。《归来》揭示的是改革开放之初市场经济大潮中失败的一族，这是阿乙关注的对象。

H

H.1 鼾声

阿乙用的一个隐喻，鼾声就像“黑白片里的飞机，在迷雾里上上下下地钻行”。现在的飞机没有那么大的噪声，老式的飞机穿行在迷雾中，对应的是鼾声的主人梦幻一样的睡眠，鼾声时紧时松、时大时小。

H.2 欢乐

《欢乐》体现生活的单调和非理性。店主多找 5 元钱，女友就很开心，而我也跟着开心。欢乐的原因就是 5 元钱，相对一个月的收入来说微不足道，但是却带来激情的兴奋。生活的单调和乏味是一大威胁，待得久了，凡事都是熟悉的、按部就班的，恰恰这样生活容易变得机械，空虚和无聊都会侵袭进来。人类在做最后的反抗，不得不强颜欢笑以示自己生命活力的存在。男女彼此对视一眼就会长久大笑，显然是非理性可以解释，短暂的疯狂不是坏事。阿乙在审视欢乐的同时，是在思考人的存在方式和意义。

H.3 讳病

讳病就是隐瞒疾病，怕别人嘲笑而掩饰自己的病情。人们正常情况都展示自己健康的一面，不愿露出自己生病、特别是重大疾病的隐私。一个健康的心态是没必要隐瞒疾病的，但是因为疾病对个体的重大影响，所以生活往往为疾病所扭曲，个体不得不走上伪装的道路。

阿乙讲到的这位男子经常性牙龈出血，通过吃草莓和番茄来误导观者，并伪装说“我还以为自己是牙龈出血呢”。这类敏感、极其自尊的人会掩饰自己的身体问题，不希望引起不必要的关注。阿乙笔下的许多人物都是因为重疾感到羞耻、失去尊严，导致心理失衡。疾病和死亡都剥夺了人的尊严，跟生活的荒诞联系在一起，因为生活的荒诞导致疾病，又因为疾病导致生活的荒唐。讳病是另一种疾病，是心理之病。这个随笔也可以放到阿乙“肉身缺陷”的叙事结构中加以理解。

H.4 回娘家

农村有一位四十八岁的妇女叫细妹，因为要二十四小时照顾得病的丈夫，十年未回娘家。一朝回到九十里外的娘家，发现整个村庄都不见了。阿乙短短几笔就勾画了一个农村妇女的不幸人生。故事反映农村的沧桑巨变，农村的变化也带来人的心理和价值观的变化。对于细妹而言，失去的不仅是乡村，还有自己的乡亲和历史。

H.5 回望

《回望》表达阿乙的虚无主义人生观，当一个人在面对死亡的时候，无论结局是史诗还是灾难都没有什么意义，一切都归零。在死亡的通道上，众生平等。人类希望毕生奋斗赢得死后的尊严，但是彼此并无差别，殊途同归。阿乙笔下的人物在面临死亡时，表现出深沉的宿命悲观，一切得到的都被遗忘和丢弃。美国诗人伊丽莎白·毕晓普写过一首诗歌《一门艺术》(*One Art*)，从丢失、遗忘的视角及反讽的口气描述一个人是怎样老去，人最终会丢弃这个世界的一切。当然，相对阿乙来说，毕晓普的人生要欢乐得多，而阿乙的人生是晦暗的、伤痛的。

H.6 火车

《火车》是一首短诗，写的是火车轨道与其旁边道路的对比。轨道是现代快捷交通的标志，给沿线地区带来经济发展的便利。地方要搭上铁路的顺风，在铁道旁边修建公路，但如果列车不在地方设站点，地方的配套设施就没有用，所以被铁路“抛弃，甩下”。例如，《意外杀人事件》中的红乌县火车站，完工后火车提速并不在此停车，红乌县感到被“抛弃、甩下”。同样是道路，差别是明显的，但是一场大雪下来，落雪的叹息声表达遗憾，无论什么路，都要被大雪掩盖，也只有大雪是公平的。

J

J.1 嫉妒

电影《莫扎特传》以萨列宁自叙的方式倒叙他对莫扎特嫉妒的故事。萨列宁是一位深受匈牙利皇帝器重的宫廷音乐家，是贝多芬、舒伯特与李斯特的老师，也是维也纳第一所音乐学院的院长。其实大多数人崇敬萨列宁，认为他是个值得尊敬的教育家。在电影中，莫扎特的到来残酷地打破了他的至尊地位。他深深地嫉妒莫扎特的才华，以至于心理发生扭曲。莫扎特天性单纯，在勾心斗角的上流社会却如同小孩一般纯洁，生活上散漫不羁。萨列宁的诽谤动摇了皇帝对于莫扎特的喜爱，并通过阴谋摧垮了莫扎特的身体健康。最后才华横溢的一代音乐天才在贫病交加中死去。但时间是最好的检验工具，萨列宁的音乐被人们遗忘，而莫扎特的乐曲却一直回响在世间。阿乙在描写嫉妒的主题方面非常成功，他的《作家的敌人》就是代表作。

J.2 寄生虫

《寄生虫》是一首诗歌，反映君权神授的欺骗性。君权神授是封建君主专制制度的一种政治理论，认为君王的权力是神给的，具有天然的合法性，国王代表神在人间行使权力，管理国家。在阿乙的诗里更进一步，主说国王不是代表主，国王就是主，这个理论显然比君权神授更具欺骗性。王权的象征就是桃木棍子，象征王权的魔法。玛利最后被夺了权，七十九岁老死，让世人认识到她的平常。一伙“坏老头儿”指的是夺走她权柄的大臣，由此实现权力的更替。

J.3 记忆

《记忆》中阿乙回忆了五年前失恋企图自杀的经历。在自杀前，他感到离开女友一刻也不能活。阿乙在六层的阳台上，当时想到自己的父母，这点恻隐之心救了他，从此不再有自杀的念头。阿乙对女性的观点受到自己情感挫折的影响，这些女性对男友表现出背叛和无情。

J.4 降落

《降落》是一首诗歌，描写了一位年轻教师坐飞机在空中看到的蓝色，既灿烂又刺眼，让人心慌。当飞机接近地面的时候，他才感到一种平静和幸福。这种在“深渊”的穿越是一种梦魇或死亡般的恐惧体验。蓝色在阿乙的作品中表达一种怀疑、不安或惊恐，他第一次见到蓝色的灯光打在F女友的脸上，是他人生“深渊”的开始。

J.5 讲述

异乡人讲述他狠心离开家乡的经过，全家人都反对他外出闯荡。父亲愤怒，母亲怜惜，奶奶则以死相逼，而异乡人还是跨过祖母的身躯一溜烟去了火车站。在《模范青年》中阿乙再现了这个悲愤地离别家乡的场景，这段描写阿乙多次用在“艾国柱”这个人物身上，他对周围人和物非常嫌恶，丢掉铁饭碗去外面寻找自己的理想。

J.6 桀骜不驯者

阿乙所说的“桀骜不驯者”正是他自己所代表的一类理性知识分子。他对事不对人展开分析，更多地去建构一个自己理想的世界，这个世界“从不依靠对别人的进攻才成立”，这正是知识分子所要追求的目标：以知识来建构世界，展现知识的力量。但是阿乙的作品表现的是一股解构的力量，看不到什么建构的策略。

J.7 节骨眼

阿纳托尔·法郎士是法国小说家，1921年诺贝尔文学奖获得者。他的著名短篇小说《克兰比尔》是德雷福斯事件的一个缩影。小说通过卖菜老人克兰比尔被警察诬陷的不幸遭遇，揭露资本主义司法制度的腐败和虚伪。阿乙做过警察，他深谙警察对自己身份的敏感和自尊，很难允许自己被轻视，特别是在执法的过程当中。而作为卑微的卖菜老人也无法忍受丢失十四苏钱的后果，在双方胶着时，一个小火花就会引爆冲突。这里阿乙给了一个词“节骨眼”，这个节骨眼就是引发故事冲突的火花，没有这个节骨眼就没有冲突，没有冲突也就没有情节。阿乙在读到法郎士小说时，为这个“节骨眼”叫好，这种偶合也是阿乙小说创作的一项重要技巧。

J.8 解决 I

这里阿乙叙述仇富和炫富的粗鄙。从前地主时代，富人在太阳底下抚摸大肚皮炫富，而皮包骨头的穷人整整一年都在饥饿中度过，他们想到那个胖子为富不仁就仇视他。其实胖子也算不上胖子，只是有一亩地，但是在饥民眼里，他是炫富的。

J.9 解决 II

老刘像个野兽，没有人性，干了不法之事，野蛮而又霸道地活了四十九天。在乡村出现这样的恶人，周围的人不敢站出来。这时有一位道德卫士（老刘的远亲），在所有人的默许下，他为民除害，砍死老刘。阿乙指出违法犯罪一旦得不到法律制裁，地方的道德力量就会伸张正义。由民间道德卫士替天行道，结果加剧了农村的野蛮生态。老刘到底是什么罪，罪与罚是否相匹配，这个是民间道德卫士所无法掌控的，阿乙提出的是民间恶人的解决机制问题。

J.10 解脱

阿乙非常熟悉乡村生活，这里讲到一位乡村男子，在儿子和妻子身上滥施淫威，当儿子打他的时候，他反而感觉很爽。作为父亲，把孩子打父亲作为孩子长大的标志，来洗脱自己承担父亲的责任，表明父亲的野蛮和愚昧。在乡村，有的父亲把自己视为家庭的主人，孩子、老婆都是自己的奴仆；他们把自己对家庭的义务视为恩惠，向家人索要顺从和敬畏。这些在阿乙的众多故事中都有所反映。阿乙把这个故事命名为“解脱”，实际点出父亲的不负责任及乡村的蒙昧。

J.11 借口

“暗箱操作”指在政治生活和经济生活中秘密进行的活动。阿乙把批判的矛头指向“暗箱操作”中没有得到利益的一方。生活中有一类人以“暗箱操作”为借口失去奋斗的意志，变成名正言顺的懒汉。在公平的环境下，懒汉不值得同情。问题在于，一个人何以知道自己的失败就一定是“暗箱操作”导致的。一个奋斗的人会屡战屡败、屡败屡战，绝不会是一个懒汉，这才是阿乙所希望的。人不可以做懒汉，要自强不息。

K

K.1 控制欲

阿乙在这里反思自己的控制欲来自哪里。首先，他指出人与人的关系有寄生性，人与人相互依赖形成寄生性。其次，每个人或多或少都对比自己弱势的人怀有控制欲，这是一种社会秩序，等级制社会更加如此。再次，阿乙认为自己的控制欲源于他人以正确的名义夺走自己的一切，然后自己再复制这种控制欲去控制下一个层级。每一个人既是一个世界的底层，又是另一个世界的上帝；在前一个世界失去尊严，在后一个世界赢得尊严，两个世界不可或缺。最后，阿乙找到一个支撑他尊严的对象，是他发现的第一个可以控制的人，那就是他的暗恋女友。从阿乙的心迹表露中可以看到阿乙暗恋失败的另一个根源就是他强烈的控制欲，他笔下的人物飞眼控制鱼勾捏就是个代表性的例子。

K.2 咳嗽演奏会

这里阿乙描写了一位中年肺病患者咳嗽的痛苦，这个情节在阿乙的小说中多次出现，最典型的是《虎狼》[1] 中的陈俊峰。陈俊峰患有不明原因的肺病，专家诊断他将在三个月后死亡，结果应验。阿乙的刻画入木三分，把一个满怀信心而肺病缠身的患者的咳嗽艺术地展现在读者面前，如亲历亲闻。

K.3 空旷之地

电影《三十七度二》（中文名又译作《巴黎野玫瑰》）展现的是一名 35 岁雇工慵懒的生活。阿乙看过这部电影，后读了小说，贝蒂的出现让这部小说活跃起来。在阿乙的小说中，鱼勾捏逐渐疯狂，飞眼后来杀害她，但飞眼与索格是不同类型的人物。阿乙发现影片努力呈现的是男子索格，他觉得索格有着圣父的心灵，让他这样的男人羞愧。其实菲利普·迪昂的生活中并没有书中的空旷之地，全是他的艺术想象，阿乙试图在他的小说中也创造出这样的一个地方，这就是一个作家独特的想象力。

---

[1] 阿乙 . 鸟 看见我了［M］. 北京：北京十月文艺出版社，2014：257–303.

K.4 窥伺

阿乙在这里讲述了自己创作时的一个困境，构思了两部作品，先写哪一个？他打了一个非常形象的比喻，就像谈恋爱，两个心爱的女人，追哪一个，另一个必须放弃，因为法律和精力决定你不可以二者兼得。当你在追逐一个的时候，总是感到另一个在窥伺。阿乙的困境其实不是困境，美国诗人罗伯特·佛罗斯特在诗歌《未曾走过的路》（*The Road Not Taken*）（1915）中思考过这一哲理：一个人择路的重要性。从某种意义上看，人的一生就是选择，选择得好，生命就有意义。

L

L.1 垃圾场

《垃圾场》呈现了28种垃圾，垃圾中没有剩菜、剩饭等食品，可见这是一处吃自助餐的出租小区。阿乙在《寡人·困兽》[1]中提到自己曾经在城中村生活的经历。2006年6月3日，他发现生活就是“杀时间”。

垃圾是人的垃圾，反映的是小区人的生活，是对人的隐私的暴露，是人的真实的反映。

L.2 老人

阿乙在屋内，听到邻居猛烈的关门声，感到惊愕。夫妻俩相互拆台，到老都没有平静下来。生活就这样不可理喻，夫妻双方知道这样是相互摧毁，但仍然我行我素，这是中国式婚姻独特的一面。

---

1 阿乙．寡人［M］．重庆：重庆大学出版社，2011：206.

L.3 冷战

阿乙读到短篇科幻小说《月球人》，小说反映了冷战时期美苏争霸扩张到月球。如果月球真的被炸毁，阿乙说未必是坏事，受月球影响的地球现象会消失，这是阿乙的幽默。

L.4 裂开

这里阿乙讲述了自己的一个可笑的梦，带有科幻小说的色彩。一颗手榴弹炸开地球，裂开的地球飞向太空，人类也不断下落。梦具有荒诞性，与阿乙阅读科幻小说有关系。

L.5 邻人失鸡

《杨村的一则咒语》[1]的源起

这里阿乙谈到创作《杨村的一则咒语》的背景，最早是记者杨继斌给阿乙讲了一个故事。这位妇女后来就成了阿乙小说中的钟永连，国峰是钟永连的儿子。阿乙刻画的国峰是个冷性的人，从来不说在哪里打工，也不给母亲打电话。有年春节他去镇上玩，天黑才回，脸上有伤口。还有一年，他没出门，跟舅舅跑运输，把舅舅的车子扔在安徽。国峰死于恶劣的工厂环境。他是个没有什么见识、生活又比较潦倒的年轻人，不得已去从事高危职业，丢了自己的性命。

L.6 临终

阿乙把自己比作一个喝了农药自杀的妇女，在死亡之前要发表自己的演讲。喝农药自杀型妇女如《虎狼》中的俊峰妈（陈宗

---

[1] 阿乙．春天在哪里［M］．北京：中国华侨出版社，2013：23–36.

火的女人），还有《灰故事》中“敌敌畏”里的叶凤英，都是被生活压垮的女性。阿乙在得病之后感到悲观，认为他的作品其实就是死亡前的遗言。

L.7 另一种可能

阿加莎·克里斯蒂《东方快车谋杀案》

阿乙发现阿加莎·克里斯蒂《东方快车谋杀案》的叙事进程非常迷人，克里斯蒂的故事可以倒过来讲。在第一种模式里波洛是主体，12 名乘客是客体；而在第二种模式里，12 名乘客是主体，波洛是客体，两种模式展示了两种不同的心理。阿乙的小说与悬疑有关，与案件交织在一起，可见与阿乙对侦探小说的兴趣有极大的关联。他对侦探小说的分析对他的创作产生了积极的影响。《永生之城》每一节都有一个数字编号，明确标识读者可以倒着读小说，带有实验的痕迹。

L.8 轮回

阿乙在《轮回》中借牛之口道出世间的不公平之事。佛教中宣扬轮回、因果报应，善有善报、恶有恶报，但是对于没有信仰的人是没有作用的。牛的主人放肆大笑：“报应在哪里？来世吗？哪里有来世？”这与美国著名作家弗兰纳里·奥康纳的短篇小说《好人难寻》有类似性，奥康纳笔下的南方怪诞、病变、恶毒。《好人难寻》中的那个不合时宜的人完全抛弃基督，趁着最后的时间充分证明自己存在的意义就是害人，因为除了伤天害理，别无其他快乐。阿乙的牛思考的大部分都是人生没有意义，前世今生彼此无知，无论什么都是等死，表达的是人生的虚无。

L.9 落榜

蒲松龄《叶生》

阿乙为叶生的命运大哭，叶生是个大才子，结果历史上只留下一个孤姓。自己连年落榜，却能帮助丁公之子中榜。丁公对叶生说："您拿出自己学问的剩余部分，就使我的儿子成了名。然而您这贤才却被长期埋没，有什么办法呢！"叶生说："这恐怕是命中注定的吧。不过能托您家的福为文章吐口气，让天下人知道我半生的沦落，不是因为文章低劣。"项王临死之前也发出叶生式的慨叹：是天要亡他。叶生终于考了举人衣锦还乡，回到家中妻子惊骇，因为叶生早死了。叶生看罢棺材遁入其中。原来三四年以来，叶生的魂魄追随知己，竟忘记自己已经死了。阿乙为叶生鸣不平，叶生的悲剧在阿乙的小说中也有反映，例如那个参加八年高考的三表姐。

阿乙《灰故事》中的"狐仙"等作品都受到蒲松龄魔幻艺术的影响。阿乙喜爱《叶生》还受到卡夫卡的影响，卡夫卡《一个梦》中约瑟夫·K 自掘坟墓、自刻墓碑、遁入坟墓。阿乙的小说《对世人的怀念》结尾老细哥不知道自己已经死了，可以说是叶生的再版。

M

M.1 马脚

《马脚》反映乡下女人有钱后胡乱吃喝、打扮造成的丑态，这些变化反而是个马脚，暴露自己的过去。战国时期楚国文学家宋玉的《登徒子好色赋》中，作者描写了登徒子之妻：蓬头垢面，耳朵挛缩，嘴唇外翻，牙齿参差不齐，弯腰驼背，走路一瘸一拐，又患有疥疾和痔疮。这样一位丑女子登徒子却非常喜爱，并且与她生了五个孩子。登徒子实际是以丑为美，用的审丑美学的眼光。阿乙这里引用登徒子，说明阿乙是关注登徒子的审丑美学的，这个与阿乙自己的创作有很大关联。阿乙笔下的人物丑者居多，与精神分裂、疾病、伤残、死亡、腐烂等惊悚的丑相交织在一起，构成阿乙独具个性的美学欣赏。

M.2 盲女

《狐仙》[1]的任务

这里阿乙谈到自己创作这个短篇的目标及描述的一些画面。

附：庙会见闻

阿乙在一年春节因为大雪没有返乡，去逛庙会。这次见闻就是阿乙创作《狐仙》的最初灵感。

M.3 没办法的事

阿乙在《没办法的事》中说到死神是无法逃脱的，死神对于患者是如此突然而又惊悸。阿乙对死亡的描写带有魔幻色彩，把死神描写成一个幽灵式的、具有人格面具的存在，让患者爱恨交加。

M.4 没出息

阿乙在"J.7 桀骜不驯者"谈到理性的知识分子，这里再次提起这个群体。一个知识分子应该有更大的作为，"将有生力量做了敦刻尔克大撤退式的保全"，历史最终发现他的伟大的价值。

---

[1] 阿乙 . 灰故事［M］. 重庆：重庆大学出版社，2012：255–266.

如果他图一时复仇之痛快，就可能会断送自己的理想和抱负。普通人眼中的“没出息”，对于理性的知识分子处理不当可能是一种伤害。莎士比亚笔下的哈姆雷特最典型地代表了资本主义上升时期知识分子的困境“To be or not to be”，代表了理性面前人文主义精神给个体带来的思考。阿乙在自己的生活中也是这样作为的，不管别人怎么说，自己追求自己的梦想。

M.5 面试

阿乙谈及 2001 年去天津某报面试，面对 10 位报社老同志和新闻学院教授，作为江西来的一个县城青年，阿乙感到羞愧，进而因为受到不公平对待感到悲愤。从报社一方来说，这样一个强大的团队能够确保招聘公平、公正、公开。但是这样一个强大的团队，在面试一个非常渺小的个体的时候，对个体是一种摧残。

这种心情，由羞耻而产生的愤怒，在阿乙笔下的人物中比较普遍，是阿乙小说的主题之一。阿乙刻画的那些乡村小人物，他们因为生活的贫困、单调，想要冲出故土。外面的世界并非对他们是温暖的，他们被羞辱一番，这种羞辱造成一种绝望、愤怒的情绪，通过不同的方式传递出来，展现在读者面前的就是那些惊悚的场面。

N

N.1 南方的黄昏

《小镇之花》[1] 的任务

卡森·麦卡勒斯笔下的南方充满残缺、伤感、孤独，在读完

[1] 阿乙. 春天在哪里［M］. 北京：中国华侨出版社，2013：191–200.

他的一篇小说后，阿乙也想描写家乡南方小镇的黄昏。

N.2 男人的漏洞

阿乙在这里探讨“男人的漏洞”，当妻子向自己告发他的朋友欺负她时，他该怎么办？这是心理战，很多男人过不了这关，但是愚人除外。在《意外杀人事件》中，兰慧对丈夫小瞿说他的朋友雷孟德手脚不干净，小瞿找雷孟德算账，被雷说服，小瞿站在老大一边，结果妻子绝望而去。《水浒传》中潘巧云向杨雄诬告石秀，潘金莲向武大郎诬告武松。杨雄相信妻子，石秀出走；武大郎相信兄弟，武松也愤而出走。人类在性爱上是最自私的动物，男人的弱点也在这里，这在阿乙的小说《正义晚餐》[1]中得到深刻的展示。

N.3 内在的恐怖

罗恩·拉什《艰难时世》

罗恩·拉什，美国当代诗人、小说家，获得多个文学奖项（欧·亨利短篇小说奖、弗兰克·奥康纳国际短篇小说奖）。在他的笔下，南方显得沉默、冷峻、坚韧。

阿乙初次读完这个短篇觉得是一篇感人的故事，但是后来发现其实是一篇极为黑暗的小说，细思极恐。他相信在一些穷人那里有着过度强烈的自尊，一旦被冒犯就容易走极端。无论雅各布多么富有人性，最终这个小女孩都得回到那个可怖的父亲身边。拉什的小说展示的是卑贱的生命被无端虐杀的恐惧，这是穷苦暴露出来的野蛮和愚昧。

---

❶ 阿乙．春天在哪里［M］．北京：中国华侨出版社，2013：61–84.

阿乙称自己看到了《艰难时世》的“冰山一角”，说明阿乙对这类作家的精湛技巧的推崇，他自己的小说也极力展现这样的技巧和主题。例如，《杨村的一则咒语》[1]里钟永连杀死了那只鸡；《肥鸭》[2]中的张婆虐待自己的孙女瑞娟。从阿乙对美国南方作家福克纳、弗兰克·奥康纳、卡森·麦卡勒斯、罗恩·拉什的喜爱可以看出，阿乙受到美国南方文学的较深影响。

N.4 女孩

这里阿乙做了一个关于“女孩”的梦，梦里阿乙准备与对方结婚，可是一泡尿胀醒他，他感到非常遗憾。就如民间传说中，一个穷困青年偶然暴富，但随后又失去财富，恍如一场梦。阿乙有过失恋的痛苦，为此煎熬过八年时间，这里的梦就是现实。这段经历极大地改变了他对女性的观点。他笔下的女性比较类型化，一类是背叛型的，以《正义晚餐》[3]中秦妹为代表。另一类是忠贞型的，但是得不到幸福，以《巴赫》[4]中的秦徽敏为代表。无论哪一类，阿乙笔下的确难以找到幸福、完美的女性。

N.5 女神

阿乙这篇暗示“他”对教育的观点。阿乙的“女神”显然指向这位女儿，不去读公立大学，愿意花高价上民办高校。校园墙体上的八个鲜红的宋体字“宽进严出，自学成才”，正是“他”

---

[1] 阿乙．春天在哪里［M］．北京：中国华侨出版社，2013：23–36.

[2] 阿乙．情史失踪者［M］．南京：译林出版社，2016：1–26.

[3] 阿乙．春天在哪里［M］．北京：中国华侨出版社，2013：61–84.

[4] 阿乙．鸟 看见我了［M］．北京：北京十月文艺出版社，2014：177–220.

所信赖的。这篇随笔暗指阿乙当年暗恋的女神F女友，她有着这位女儿一样的气质，阿乙跟F女友的父亲聊过天，其父推崇西方的民办高校。

P

P.1 贫瘠之地

阿乙警校毕业后在H乡待了一年零七个月（1997年9月至1999年5月），这里生活的经历在阿乙的小说中都得到反映。《灰故事·面子》❶反映阿乙与L的这段感情波折。《鸟 看见我了》❷中那个民警小张就很像阿乙的同事S，元凤就像阿乙的女友L。在《极端岁月》❸中，政法干部、刘遵礼和群众还上演了双簧戏大闹一场，逼得警察落荒而逃，这些情节都能在阿乙的个人经历中找到。

阿乙庆幸自己逃离了这个世界的尽头，一个贫瘠之地，回到县城。当初L带着神秘的欢喜告诉阿乙她也是城镇户口的时候，阿乙内心有一股悲怆之感，他对户口有刻骨铭心之痛。人到中年的阿乙猛然醒悟，他之所以无法顺畅地向第一个爱上的姑娘表达爱意，不是因为她的性格、气质上有什么让他害怕的地方，而只是阿乙怀疑她知道他曾经的身份。在考上大学之前是农业户口，是一个县城农妇的儿子。

《贫瘠之地》《寡人·于连》《模范青年》都能看到阿乙的影子，他者的报道、个人的叙述和小说中的虚构，多侧面、全方位地增强了阿乙小说叙事的可靠性。《贫瘠之地》的自传性对理解

❶ 阿乙. 灰故事［M］. 重庆：重庆大学出版社，2012：116–122.

❷ 阿乙. 鸟 看见我了［M］. 北京：北京十月文艺出版社，2014：151–176.

❸ 阿乙. 灰故事［M］. 重庆：重庆大学出版社，2012：7–84.

阿乙的作品至关重要。

P.2 破败

毛姆《红毛》

毛姆的短篇小说《红毛》叙述了一个美国白人青年红毛流落到太平洋的一个岛上和一个土著姑娘萨丽相爱的故事。他们在这个岛上过着伊甸园般的生活，后来红毛被一艘船上的水手骗走。红毛走后，萨丽悲痛欲绝，一直痴情地等待他的归来。后来萨丽跟一个仰慕她和她的爱情故事的瑞典人尼尔森结婚。三十年后，红毛又回到这个岛上，已经变成一个年老、庸俗、猥琐的船长，萨丽见到他，已经相逢不相识。

这是一个非常凄美的爱情悲剧，阿乙欣赏这个故事的叙述策略。船长战战兢兢地走过独木桥，听尼尔森讲述萨丽在独木桥等待红毛归来的故事。随后，尼尔森告诉船长他费尽心机得到萨丽的身，却没有得到萨丽的心。这时船长插入独白他就是红毛，所以这个故事前后有三个叙述者，极具艺术构思。在阿乙的艺术创作中，叙述者的创新也是一大特色。

阿乙迷恋这样的故事还在它的悲剧性。尼尔森身患肺病来到这个岛屿，因为相信这里纯洁的山水和爱情能使他的身体真的康复。当他知道当年自己信仰的男神红毛就是眼前这个船长的时候，他的梦幻破灭，尽管他没有告诉萨丽实情，但是萨丽的梦幻显然也无法实现，这更加剧了尼尔森的幻灭感。毛姆探讨的是人性，根本没有所谓的传说中的纯洁爱情，一切都是虚构的。尼尔森和萨丽的悲剧在于温柔的理想，对人性的幻想，而红毛代表的才是真实的、丑恶的人性。我们看到这里的时候，才知道阿乙为什么喜欢这则短篇，这正是阿乙写作的任务之一，契合他对爱情的理解。事实上，毛姆的小说中对女性特别是中年女性含有一定的成见，在这一点上，两位作家是相通的。

Q

Q.1 凄惨

阿乙以诗歌的形式曝光人性的黑暗。阿乙一直在作品中列出我们生活中这些极端案例，企图解开人性邪恶的密码。

Q.2 浅松绿

这里阿乙提到自己喜爱的一种颜色浅松绿，特别适合在梦中出现。阿乙喜欢女性就爱屋及乌，喜欢她的眼睛、鼻子、歌声，还提到她微小的疤痕，居住在有着梦幻色彩的浅松绿的楼房里。这样的女性显得不够完美，很可能是遭受过创伤的梦幻般的女性，在阿乙的小说中往往是悲剧。这种浅松绿的楼房暗示阿乙当年暗恋的 F 女友与父母居住的绿色的楼房，那是阿乙失恋、伤痛的地方。

Q.3 情感词汇

这里阿乙给出的情感词汇偏向阴郁、黑暗和恐怖等不祥之物。有黑色、血色这样的色彩，有割裂的伤口、飞机失事、服毒身亡、癫痫发作、废墟、惨白、聋哑、烈士墓、碎掉、破败不堪等这样的悲剧事件和痛苦给人恐惧、压抑的心情。这些情感词汇在阿乙的作品中都有着醒目的位置，让读者惊骇，反映阿乙晦暗的人生观和世界观。

Q.4 情境

阿乙提到某个晚上，他坐在一把大伞下，试图追求一个人。阿乙说对方是什么人，你就会经历怎样的情境。这时他看到来者成功的希望显得越来越渺茫。

R 日出的过程

阿乙写日出的过程，从黑蒙、青灰、橙、金发展到最后白色的发光体，肉眼不可逼视，变得恐怖，犹如灰烬。阿乙的描写带有强力的毁灭感，给人惊悚的画面，这就是作家的情感色彩。

S

S.1 色胆

阿乙听安徽屠某讲述一好色之徒胆大包天，不怕被对方的丈夫揍扁。在《聊斋志异》中大色之人为了女人可以不要江山、不要性命。男人的色胆在阿乙笔下经常出没，如《情人节爆炸案》(《极端岁月》)[1]中的何大智，《鸟，看见我了》[2]中的单德兴等。

S.2 煽情

这里阿乙指出作家常掉进去的一个误区：煽情。大部分作家不能逃避煽情，有的主动煽情，阿乙指出这是陷阱，是无耻之事，告诫自己不能干。阿乙认为自己的作品是一切幻想的敌人，必定给出血淋淋的现实、迎头痛击。

---

❶ 阿乙．灰故事［M］．重庆：重庆大学出版社，2012：7–84，

❷ 阿乙．鸟 看见我了［M］．北京：北京十月文艺出版社，2014：151–174.

S.3 稍等片刻

阿乙这里讲述的是一对男女恋爱的幽默故事。每次男孩追女孩，女孩都说“烦不烦啊”。在男孩绝望之时，准备翻脸前稍微等待一下，女孩却终于接受男孩的爱情，这应了那句老话，“好女禁不住穷追”。从这个故事看阿乙，阿乙对女性有相当大的成见。他总是从女子的暧昧态度中读出女方的冷漠、厌烦和嫌恶，而对应的男子感到羞耻，渐渐越来越愤怒、直到临界点。

S.4 声音

这里好似阿乙躺在床上听到的各种声音，有的声音是恐怖的：装修钻墙体的声音、女人尖叫的声音、男人不怀好意的声音，等等，让他不能入眠，仿佛世界的危险越来越近，令人不安。从声音可以看出阿乙的世界是不和谐的，遭受着痛苦和折磨。

S.5 时间表

《意外杀人事件》[1]的任务

阿乙在此记叙故事中细节的时间发展先后顺序。

思路

阿乙谈《意外杀人事件》的创作思路。

手法参考

阿乙谈到《意外杀人事件》的叙述手法是受《911后面的历史》的启发。

---

[1] 阿乙.鸟 看见我了[M].北京：北京十月文艺出版社，2014：1–59.

S.6 诗句

2013年11月28日，阿乙接到宋君的一封信，宋君十二年前因摔伤导致言语不利。宋君的信实则反映一位诗人在失去灵感之后的痛苦。这是一个荒诞的故事，反映的是诗人在不能展现天赋之时的苦闷和嗟怨。宋军的怨气也可以从短篇《先知》的朱求是身上看到。朱求是是位民间哲学研究者，他找来笔在稿纸上狂书，笔尖断了，把墨水甩得到处都是，直到把墨水泼倒在桌上，他才体验到当初巨大的快感。这个快感就是一位民哲找到灵感的癫狂状态，宋君表现的是一种癫狂，是丢掉灵感的癫狂。

S.7 失落

"失落"反映的是小人物的庸俗和嫉妒。一个人嫉妒牛，一个城里人嫉妒乡下人，是人发展的可笑之处，失落的是人文情怀。

S.8 殊途

《殊途》是一首诗，展示路边女性的不同。路边的女人生气，撅起嘴，我们若用我们的生活方式去理解她，我们可能会误解她。她选择追随她的丈夫去生活，这是不同的人生道路。而我们这些所谓的更自由的人，未必就能脱离生活的无聊、空虚，都是殊途同归的存在。

S.9 双层推进

《小人》[1]的任务

[1] 阿乙.鸟 看见我了[M].北京：北京十月文艺出版社，2014：61–75.

阿乙谈到在《小人》创作中，注重明暗两条线描写。

S.10 说谎

这个短篇讲的是妻子对丈夫的背叛的故事。背叛丈夫的女子，在阿乙的笔下并不少见,《正义的晚餐》中的吕伟的女人秦妹,《永生之城》中李伟的妻子盖靖华,《春天》中李水荣的女人张凤等。女人的不忠总是伴随着谎言。梦中妻子的不忠被现实验证，这也是一则“梦想成真”的故事,《翡翠椅子》具有这一魔幻叙事结构,《失踪》里纪生也是如此。

S.11 私家侦探这碗饭

波兰斯基《唐人街》

阿乙提到这部电影里，私家侦探的两个侦探技巧，突出私家侦探需要很高的个人才智和胆识。在阿乙的知识储备中，他是注重侦探题材作品的阅读性的，他的作品表现了一定的侦探小说的色彩，尽管阿乙并不认同这种划分。

S.12 死期

马尔克斯《超越爱情的永恒之死》

阿乙喜爱马尔克斯。阅读马尔克斯的作品，他能获得一种顿悟：一个人忍受不了当众死亡所带来的羞耻。阿乙在生病后，对死期的话题开始认真思考、对待。阿乙以前想获得死亡的写作体验，给他自己的身体带来负面影响，仅仅几年时间他就彻底变成一个惊惧之人。他感到死神就站在一个合适的地方，他根本没办法丈量自己和它的距离，但是他知道它一定会来。有关死神的在场，代表性的作品就是《模范青年》。

S.13 死亡的价值

这里阿乙探讨死亡的价值，阿乙认为死亡正在丧失它的固有尊严，不再是一个人的总结。它的价值取决于你的死是否对别人、社会、世界有裨益，这显示出现代人的一种生存困境和荒诞色彩。死亡是阿乙作品的主题之一，从存在主义视角展示现代人的悲剧性。

T

T.1 堂屋中间的马桶

马桶是一个伟大的发明，是城市文明的标志之一，而堂屋是中国农耕社会的标志之一。阿乙梦见马桶出现在堂屋，这显然是一幅荒诞的图景。在中国转型的大潮中，马桶成了千家万户的必备物件，而堂屋渐渐消失掉。

T.2 逃亡

犯人下了火车包了一辆车回到家，但是家里人把他赶走。他无路可走，只好再次回到监狱，被绑在铁门之上。这个逃亡的故事是个黑色幽默，逃亡的犯人本来想找条生路，但是他发觉外面也是条死路，而且是自己的亲人选择不原谅他。在父亲的押解下，他又回到监狱，选择去死。某种程度上，他是死于自己的亲人之手，这增加了故事的悲剧性。阿乙的故事有时候就是表达人的这种困境，无处安身，一种偶然中渗透着必然的死亡。

T.3 通天塔

亚利桑德罗·冈萨雷斯·伊纳里多《通天塔》

亚利桑德罗·冈萨雷斯·伊纳里多是来自墨西哥的黑人（他的绰号）导演，《通天塔》是他 2006 年的作品。阿乙这里简述这部电影的结构和经过，强调故事的偶然性所带来的魅力。这种偶然性也是一种巧合，这个在阿乙的作品中是常见的创作笔法，但过多的巧合被读者诟病。

T.4 脱逃术

阿乙作为优秀的作家，注意到那些精湛的写作技巧。这里阿乙点出三部作品：电影《乌龙山剿匪记》、陀思妥耶夫斯基的《罪与罚》、科恩兄弟的电影《老无所依》，它们当中的人物都有高超的逃脱技术和超凡的心机。“猎人”和“猎手”更多的是精神层面的围猎，让读者的期待不断打破。从这些“猎捕”中可以观照一个作家的优秀写作技巧，特别是伏笔的设置和心理的展示。阿乙喜欢这些作品还在于它们符合阿乙的欣赏品味，反映命运的无情和难以捉摸。个体在现实面前太过渺小，契合存在主义的虚无情绪。

W

W.1 王守义十三香

这里阿乙回忆自己当年与未婚妻发生的一个笑话。他们一起去看未婚妻的姥姥和姥爷，小卖部里没有什么东西，阿乙随手装了一袋“王守义十三香”。这个礼物的确有象征意义，他们当年的爱情缺少“王守义十三香”这样的“调料”，爱情才会终结。阿乙笔下的女性缺少爱情的“调料”，即女性缺乏一种吸引男性的持久魅力，有着“肉身缺陷”，如《春天在哪里·猎人》中的女友。

W.2 妄想症

阿乙曾听T老师讲述过一名女客崩溃的故事，他记下来写进《春天》[1]。

W.3 忘字

阿乙梦里出现一位老先生，提着滴血的毛笔，神情骇然。老者学到老，连“愆”都不认识，整个汉字在心中坍塌。权威在老者心中最后却坍塌，汉字也被解构，变成毫无意义的能指的符号。这个梦反映的是解构主义思想对知识分子的颠覆作用，起源被质疑，开始分裂。“愆”的意义是“罪过”，这个字纠缠在老者的心头，正是人的反省精神。当一个人忘记这个字的时候，实际是知识分子在解构之后的心理反应，有负罪之感，这可以联系《忘川》来加以理解，“遗忘”带来失衡，初衷已经迷失。

W.4 文人

居尔蒂斯《猛兽习性》

居尔蒂斯（1917—1995）据说喜欢仿作，《猛兽习性》针砭的是一位法国大诗人。诗人的创作进入癫狂状态，在《作家的敌人》中反映得非常深刻。

W.5 文言文茶花女

阿乙读的书多半是外国小说，《茶花女》是阿乙读的第一本外国小说。他每次去书店，看到《茶花女》的不同版本都想买一本，可见对《茶花女》的喜爱。阿乙在看过《曼侬·雷斯戈》后

---

[1] 阿乙．春天在哪里［M］．北京：中国华侨出版社，2013：85-171.

发现小仲马从结构上纯粹沿袭了这本书。阿乙总结作家写“情人的失去”一般有三种方式，其中之一就是茶花女式的暴尸。阿乙也为小仲马的描写所震撼，一个倾国倾城的美人，最终读者看到的是一具令人惊骇的骷髅。《春天在哪里·春天》就是这样的一部代表作品。在阿乙的作品中，他表现了对尸体的畸形的独特欣赏品味，不能不说是受到小仲马的影响。

W.6 无尽时间里的一小段

我若四肢都似昨，趁机就雾访高天。

——艾宏松

阿乙叙述自己的家事，祖父、父亲和自己。有关阿乙的家事，在《鸟 看见我了·虎狼》中反映较多。这篇随笔里，阿乙祖父是位老中医，告诫子孙要占有田地，而后人都将田地当作耻辱，争做城里人。父亲将祖父的小卖部生意做到县城；大姐把超市发展成为房地产与餐饮；大哥放弃了县城矿产局公职到杭州、上海做 IT 打工仔；阿乙在乡下和县城做了五年的警察也放弃了公职去郑州、上海、广州、北京打工。1999 年祖父去世的时候，23 岁的阿乙没有什么感觉，想哭哭不出来。到 2009 年父亲中风，阿乙开始感到恐惧，意识到死亡并不遥远。看到父亲一世英雄，中风后生活不能自理，过着一种耻辱的生活，阿乙感到痛惜。

大姐说：“你要注意身体啊，你的体质和爸爸一样。”母亲说：“你可要注意身体，你看医院里比你年轻的，也有中风的。”在小说《鸟 看见我了·虎狼》中陈俊峰的母亲也曾这样对她患病的 31 岁的女儿冬梅说：“像你这样年纪的，得的多了，医院到处是，你没有看到吗？”[1] 做母亲的吓唬女儿，母亲的吓唬虽然不

---

[1] 阿乙 . 鸟 看见我了［M］. 北京：北京十月文艺出版社，2014：284.

近人情，但是打掉了孩子的侥幸心理，一个人无法逃脱宿命。这明显带有自然主义的色彩，人是受到环境和遗传的制约的，无法逃脱。

阿乙精确地呈现了这些病情和痛感，说明他此时受到宿命的影响，对疾病征兆特别敏感，害怕死在公众场合，即便现在，阿乙还没有走出 2009 年春季的惊愕。父亲中风后三年多，变得越来越衰老，阿乙感到极大的悲凉。他希望自己能够走出这样的泥潭，最终有男人的味道。正如小说《虎狼》结尾时说的，俊峰“把剩下的日子过完，按时死掉”，这是令人惊悚而又豪气的一生。

附 1：

初

阿乙想到卡夫卡《变形记》的开头，格里高尔变成一只巨大的甲虫。这是一个绝望的开端，同样适合阿乙的父亲。阿乙读丹尼斯·约翰逊的小说感到非常难过，中风病人的耻辱生活就发生在自己的父亲身上，也威胁着阿乙自己的生活。所以阿乙说，“我们的历史开启于他中风之日”，死神正一步步逼近。

附 2：

家庭团结

阿乙父亲中风后，变得谦和，但仍然有家长的霸气。阿乙想到自己的两个姐姐、一个哥哥、一个弟弟还有他们的子女，以及母亲、小脚的祖母都习惯这种家长制的秩序。最后的梦中对话无比苍凉，父亲和他可能在这个世界不过几个年头，然后都会离去，阿乙想到“指间若沙”，感叹人生何其短暂。阿乙的家世和自身的境遇都与存在主义的思潮相契合，某种程度阿乙在存在主义哲学中获得了人生的顿悟和宁静。

W.7 乌鸦

“乌鸦”是阿乙的一首诗歌。

X

X.1 昔日舞曲

这里阿乙的视角就像空中的鸟，俯瞰往昔的县城，发现它是一个凶险的机关。有一个小偷让阿乙印象深刻。这个小偷长着永生的面庞，穿着永生的西服，县城凝滞的生活使时光永恒。在阿乙看过小偷的电影后，他才理解这些小偷为什么这样，除了阿乙，很少人关注他们的存在。这些人就像只动物出现在他们惯常出现的地方，阿乙的作品中经常看到他们出没。

X.2 向上

库布里克《2001 太空漫游》

斯坦利·库布里克是《2001 太空漫游》(*2001: A Space Odyssey*)的导演，这部科幻影片是根据美国科幻小说家亚瑟·克拉克小说改编的，于 1968 年上映，被誉为“现代科幻电影技术的里程碑”。阿乙对该影片的叙事极为欣赏，没有表情，没有心理描写，冲突以极少的动作和语言凸显出来。线条简约，但是内容无限，打开人类的想象力。

X.3 小说的合法性

阿乙谈短篇小说创作的两大要素：取悦和取信。取悦就是吸引读者去阅读一个作品；取信是让读者感到故事的可信。这对应阿乙所说的“传奇与合法性，震撼与合情合理”。小说的合法性有两点，一个是作家的合法性，第二个是作品叙述者的合法性。阿乙谈的是前者，一个作家在创作时必须牢记他的作品的传奇性与合法性的统一。

作者为了增加小说的合法性，经常在叙述者身上下工夫，围绕叙述者叙事的可靠性问题，制造作者和叙述者之间的张力，从而增强作者小说的合法性。有关叙述者的可靠性，美国学者韦恩·布思首次提出“不可靠叙述者”。阿乙引用《茶花女》开头那位叙述者加以说明，写作者设定叙述者非常重要，阿乙说这是他最早接受的合法性教育。

阿乙还强调自己羡慕那些人生经历丰富的大师们，然而你不是巴别尔、陀思妥耶夫斯基，他们只要从自己大把的经历中择取一点写就可以。阿乙谦虚地说自己不行，这也解释了阿乙为什么在自己的作品中反复书写自己的过去。阿乙的家乡及其记忆就是他创作的主要源泉，当一个作家反复凝视自己的过去，就会向纵深方向发展，就会抽象出历史，一步步逼近真相，读者才能理解阿乙为什么二十一岁毅然决然地把自己“流放”。

X.4 写作的秘密

这里阿乙列出了自己写作的 20 个秘密。

Y

Y.1 痒

阿乙把赌徒的赌瘾跟患者的咳嗽相比较，确认人性的弱点是人的一部分，就像疾病一样，无法阻挡。

Y.2 邀赏

博尔赫斯《多岔口花园》

阿乙不喜欢读那些过于舒服的读物，他欣赏博尔赫斯诗歌一样的语言与智慧和侦探小说的缜密模式。但是阿乙反复阅读这些大师的作品后，发现了他们的一些常用的技巧，阿乙称它们是向读者“邀赏”。马尔克斯的每篇文章里都有热闹的东西，博尔赫斯的作品也把惯用的技法弄成一个精致的把戏。阿乙欣赏这些大师的伟大，但是不喜欢这样的邀赏创作技巧。阿乙对艺术有极高的追求，一直用这些大师的标准衡量自己的创作。

Y.3 一击即溃

参见《寡人》的《您好——2010 年 12 月 25 日》[1]，这部分是《一击即溃》的后三分之一部分。

此篇随笔叙述电信时代一位爱情专家信念坍塌又重新确立的故事。阿乙在自己的作品中经常反映这样的主题，爱情在人性面前是脆弱的、渺小的。在《情人节爆炸案》中，叙述者范老二和女友的分手也是如此。互联网时代，人们的生活变得碎片化，一个人的生活更多地被“共享”，进入“共享时代”，人们在不同的圈子里会展现多面孔，生活很难再坚守恒一的规范。

Y.4 姨娘

安徽许生的姨娘在家人的反对声中跟老伴离婚。新姨爹是个刑满释放、在当地落户的劳改犯，也是一位肮脏、有着不良习气的外地人。阿乙喜欢从晦暗的角度反映这个世界。这位姨爹有这

[1] 阿乙 . 寡人［M］. 重庆：重庆大学出版社，2011 ：16–17.

些特征：刑满释放的劳改犯、外地人、当地落过户、讨了当地女子做老婆。在阿乙的小说中，还有两位跟他类似：一个是《灰故事·再味》里的三表姐的丈夫，另一个是《早上九点叫醒我》中艾宏阳的堂姑父陈望凯。对于当地人的乏味生活来说，这些婚姻都是当地的新闻，满足了当地人的排外情绪。

Y.5 医院

阿乙这里展示的是医院的上班情景，工作人员的耐心在耗竭；播音员也疲惫不堪；患者既礼貌而又愤恨，到处都是声音，老年人在等待死神的降临。

Y.6 影响

艺术是生活的反映，生活中一些扭曲的现象在艺术中也能找到，这就是影响。有人跟阿乙说：做人呢，最主要的是开心。这个跟阿乙的欣赏趣味是相反的，阿乙是追求纯粹的艺术。

Y.7 永生者

永生是人类长久以来追求的目标，在阿乙笔下，永生是痛苦的荒诞的存在，会让永生之人生不如死。有时候阿乙用“永生”代指死亡、永恒，“长着永生的面庞”暗示死亡的来临。

Y.8 幽闭 I

《幽闭》是关于阿乙的梦的故事：舞台上方有圆柱体的光柱，形同一个封闭的厕所，那个人进去却永远打不开，所有观众屏住呼吸在看。

阿乙的洞穴（幽闭空间）从某种程度就是一个现代生活中

的“地洞”。卡夫卡的《地洞》[1]是作者疏离主题的继续。对于这个地洞，“我”必须保持随时可以一跃而出的可能性，必须做好随时冲出去的准备，有高度的警觉性。要知道此时“我”处在人生的巅峰，处在最为成功的时刻，而自己却得不到安宁，内心焦虑不安，反映现代社会个体与周围环境处在高度紧张的关系中。外在的是都市的喧嚣和职场的竞争，内在的是体能的变化、内心的焦虑和渴望。

阿乙在《阳光猛烈，万物显形·存在》[2]中谈到比比妥的洞穴，洞穴表达了人类对死亡的恐惧，消解恐惧的方式就是不断创造，在不断的创造中消解忧虑。在《阳光猛烈，万物显形·幽闭》[3]中短暂地置身于“幽闭”的空间都是一次死亡世界的体验。阿乙跟卡夫卡不同的是，《地洞》是卡夫卡打造的一个来对抗死亡的想象空间，而阿乙则对比幽闭空间的里外和上下，上面的（或外面的）是热闹非凡的人间世界，而下面的（或里面的）是自己可能即将踏入的未来的死亡世界，这个“地洞”不是自己的存在方式，而是一种对未来的梦魇。

Y.9 幽闭 II

《幽闭》展示的是阿乙对死亡的恐惧。在现实中，当他置身于一个封闭的、狭小的如盒子或棺材状的空间时，这种恐惧表现得尤其明显。他会立刻感到另外一个世界的黑暗、无奈和愤怒。

---

❶ 卡夫卡 . 卡夫卡小说全集 [M]. 韩瑞祥，等，译 . 北京：人民文学出版社，2013：290–319.

❷ 阿乙 . 阳光猛烈，万物显形 [M]. 北京：北京十月文艺出版社，2015：31.

❸ 阿乙 . 阳光猛烈，万物显形 [M]. 北京：北京十月文艺出版社，2015：311–313.

他会像观众观看的那个光柱中的人一样观察自己的幽闭环境，体味外在的喧闹声，他会在那一刻与外面的世界失去联系。

Y.10 月饼

“月饼”讲述生意人的困境，卖不出去的过期食品，得自己和家人慢慢消化掉。

Z

Z.1 葬礼

“葬礼”是一首短诗，死者与生者虽然距离如此之近，但是身处阴阳两个不同的世界。阿乙如空中的鸟，俯瞰葬礼上的活人和死人。

Z.2 择选

“择选”反映阿乙的世界观，他认为人生是偶然的，这种偶然又有一种必然。必然在于一个人的选择与你当时的处境有极大的关联，当你生存困顿、感到羞耻的时候可能不会做出选择。但是，当你处境改善的时候，你变得自信，选择的大门打开，你开始把怜悯当作巧合，其实这样的选择是一件偶然事件。

Z.3 折纸

“折纸”指“鱼尾纹”，描写的是一位来自城里曾经美丽、如今衰老的女性。在一个县城人的眼里，他妻子就是老了，脸色蜡黄、鱼尾纹突出。而在异乡人的心里，她仍然保留着过去的风姿，那是那个时代农民的梦想。

Z.4 镇压

《正义的晚餐》[1]的任务

《正义的晚餐》反映了阿乙要揭示的主题“镇压”。吕伟对秦妹及彭磊的镇压。暴露了人类在性爱方面的自私性。“镇压”这个词对阿乙具有特别的意义，最早是他在F女友面前承受的“镇压”，他不能有丝毫反抗，否则面临某种惩罚。后来阿乙用这个词喻指在恋爱中强势的一方对弱势一方的欺凌。此外，阿乙还用这个词代指存在主义的自由选择，如《先知》中朱求是用自己的理论“发现”对癌症的“镇压”。

Z.5 知识

阿乙这里提出“知识”的问题，何为知识？何为真正的知识？一个人的成长就伴随着对所有名词的重新理解和定义，而不是别人强加给自己的那些“知识”，这是存在主义者建构人生意义的使命。

Z.6 致未来

“致未来”表现了人类虚无主义的色彩，在亿万年的时间长河里，一个个体的生命就好像没有存在过。

Z.7 众生平等

苏童《香椿树街故事》

2008年上海人民出版社出版了苏童的《香椿树街故事》，这是由一系列发生在香椿树街上的故事构成，生动地再现一条南方老街上的一群少年的残酷青春及街坊邻里间的故事。《古巴刀》

---

[1] 阿乙．春天在哪里［M］．北京：中国华侨出版社，2013：61–83.

叙述了备受压抑的人物激烈地反抗命运的故事。阿乙用了“众生平等”含有反讽的色彩，因为陈辉拿着古巴刀送给街道小痞子三霸，被轰走后陈辉砍伤的是无辜的群众，这个与切·瓦格拉的革命英雄人物相比就是个笑话。

苏童的《伞》开篇第一句话是：一把花雨伞害了小女孩锦红。这把伞本来不属于锦红，当这个“非法”的花雨伞落到她手里的时候带来的是命运的逆转。她从春耕那受到的伤害就注定她以后生活的不幸福。所以花雨伞是时代的烙印，是一个错置的梦想，阿乙指出了其中的反讽味道。

Z.8 猪肉

人类对猪肉的命名非常细致，猪跟牛马羊、老鼠一样拥有至少四千万年的历史。阿乙感叹的是这些动物与人生育的意义。置身于这样一个完美的宇宙，阿乙发出的是哲学之问，后面附的两则寓言则带有存在主义的阐释。

附 1

等待

阿乙给出了一则人类的寓言故事，人类的始祖终是一人，他被天谴，接受死亡的惩罚，他的抵抗策略就是生育，用生育来逃避最终的死亡，这是人类幻想永生的寓言。

附 2

结局

死亡最终会到来，那就是洪水，覆盖所有地面的洪水，吞噬一切。在末日来临时，人类为自己建构的价值显得虚幻。人类尽管伟大，但是在自然面前，在宇宙中显得微不足道。

Z.9 专注

阿乙在这里点出我们今天所面临的手机的威胁，我们的专注力消失，丧失了更多独立思考的时间，失去了成功的一大法宝。在自我意识缺乏的背景下，存在主义的哲思显得有意义。

Z.10 自我训诫课

阿乙是一位有着强烈自省意识的作家，以加缪、陀思妥耶夫斯基、卡夫卡为榜样坚持自己的创作风格。这里阿乙反思自己的一些作品，《火星》《狐仙》《春天》不严肃，他最痛恨的是《巴赫》,《两生》《翡翠椅子》油滑、不堪一击。自己真正满意的作品只有几篇。

阿乙也批判余华的《兄弟》《活着》《许三观卖血记》这些作品影响读者的方式。阿乙再次把自己定位在一个基本阴暗的立场上，拒绝那些温暖、幻想的东西，与它们为敌。

Z.11 祖母

婆媳关系比较微妙，婆婆穿一件透明的裙子，媳妇口是心非地夸“要多好看有多好看”。婆婆喜爱听这样的夸奖，毕竟媳妇在她面前是顺从的，这正是婆婆所希望的。阿乙小说揭示了乡村传统伦理和心理在时代转型中的危机。

Z.12 最深的孤独大踏步而来

这是一首短诗，反映阿乙在体验黑暗前的一种状态，是一种面临死亡的终极的孤独。孤独的命题反映阿乙深受卡夫卡等大师的影响。卡夫卡的许多代表作中都设置了一个相对独立的空间意象，《变形记》中的房间，《城堡》里的城堡，《地洞》里的地洞，《饥饿艺术家》里的笼子，《失踪的人》里的饭店和电梯，可以理解为卡夫卡对独立空间的追求，这是自己长期处在父权制压迫下精神上的反叛武器。

孤独是卡夫卡的主题，孤独来自于放逐。《判决》中的儿子被父亲判决投河自尽；《失踪的人》里的卡尔被父亲驱赶到美国；《变形记》里的格里高尔被家人用暴力的方式限制在卧室，在病痛中孤独地死亡。放逐又何尝不是阿乙的主题，从瑞昌自我放逐到大都市，追求自己的梦想。

《临街的窗户》[1]既反映卡夫卡对外部自由世界的向往和渴望，又揭示卡夫卡对外面世界的恐惧和对自身处境的无奈，只能在临街的窗户内孤独地面对内外的生活。他一方面企图躲入“城堡”以旁观者、局外人的身份使自己免受伤害，同时又希望外面的世界能够把他拉进“人世间的和睦”之中，这是一个悖论，既渴望孤独又渴望摆脱孤独，最终因为他的懦弱而没有行动力，孤苦一生。阿乙在患病之后对卡夫卡的理解尤为深刻。

Z.13 作恶

“作恶”是一首诗歌，是一起残忍的凶杀。倒插门的女婿把妻妹骗到树林，害死了妻弟和妻妹。受害人手里飞走一只鸟，鸟目睹了犯罪现场。这个情节也出现在《鸟 看见我了》[2]当中，单德

---

❶ 卡夫卡．卡夫卡小说全集［M］．韩瑞祥，等，译．北京：人民文学出版社，2013：21.

❷ 阿乙．鸟 看见我了［M］．北京：北京十月文艺出版社，2014：151–174.

兴醉酒奸杀孕妇火香，也被鸟看到。

Z.14 左拉之子

左拉《陪衬人》

这篇随笔解释了阿乙为什么对审“丑”情有独钟。阿乙承认爱弥尔·左拉是一位敏锐的作家，在19世纪就能判断广告的价值，就知道人类进入了一切都可以交易的时代，包括人的尊严。《陪衬人》中丑也可以出售。但是今天阿乙批判左拉，他的作品行文快捷、布局草率。阿乙认为自己是左拉的儿子。

左拉是法国自然主义小说家和理论家，自然主义文学流派创始人，在欧美具有广泛的影响，催生出了一批优秀的文学家。自然主义流派强调文学的科学性、客观性，表现了遗传和环境对人的影响，把真实感、客观性视为小说家的首要品质。阿乙的小说带有一定的自然主义色调，人物一出场就命定晦暗的基调，人物“肉身的缺陷”或一个反常的事件就预示故事的不幸。阿乙在少年时代就有一个梦想，要像左拉那样，写出优秀的作品让人痛彻心扉。

第九部 《情史失踪者》[1]

尽量多地表现

（短篇小说：2013—2015年）

《情史失踪者》收录了阿乙的八个中短篇小说：《肥鸭》是

[1] 阿乙. 情史失踪者 [M]. 南京：译林出版社，2016.

关于一个留守小女孩的悲剧；《虫蛀的外乡人》是有关当地人对外乡人的虐待；《情史失踪者》完全是个梦中的暗恋故事；《作家的敌人》讲述了一位为艺术献身的年轻作家；《忘川》是一个失忆之人的悲剧；《虎狼》是有关罕见的怪病致死的故事；《永生之城》也是有关怪病；《对人世的怀念》阿乙缅怀死去亲人的故事。这些故事都落在一个字“情”上：亲情的缺乏或留恋、无情的愚昧野蛮、爱情的缺失甚至背叛、真情的误解和嫉妒，可以说是人世的“情史”报告。

1. 肥鸭

这篇小说叙述的是一个家庭的悲剧，祖孙两代互相戕害而死。张瑞娟 17 岁时毕业，不久就死了，尚未成人。张瑞娟原本是一个活泼可爱的有城市户口的姑娘。父亲细老张靠自己打拼从民办教师到经营办公用纸批发生意，不仅获得公职当上了城里的教师，而且在城里拥有两套房。他的两个孩子都买到了城市商品粮户口。这是多少农村人的梦想，脱离农村的贫困、单调和苦闷的生活。奶奶张婆照顾瑞娟 6 年时间，大致在瑞娟 11 岁前来到鸡公岭与孙女住在一起。

小说的名字为“肥鸭”，肥鸭显然指瑞娟，瑞娟小的时候膀阔腰圆，是个可爱的姑娘。人之初并无明显的性别差异，性别的差异是社会文化、环境雕塑的结果。瑞娟小的时候敢于挑战奶奶的权威，大胆直言，但是在奶奶的“镇压”下，这只肥鸭已经瘦弱不堪。更重要的是思想，这只肥鸭懦弱、愚昧、迷信，因为一句奶奶的诅咒，自己就彻底失去生的希望，这是奶奶长期迷信、专制教育的结果。

2. 虫蛀的外乡人

这是一则反映农村信仰的故事。老贼害死小孩的故事发生在河边的一个村庄，但是很快传遍这里相连的六个村庄。姑爹赶来救老贼，姑爹认为人类最初都是可怕的野兽，老贼表示认同。在村民看来，老贼才是野兽，他害死许多孩子。整个县内出现“收小不收老”的谣言。老贼就是传说中的“魔教教主”，他年纪很大，传播自己的“教义”。小说反映现代社会带来的种种压力，为此人们需要有一种信仰作为情感的支撑和心理的安慰。

结合小说的名字“虫蛀的外乡人”，这个虫蛀的外乡人就是小说的中心人物老贼，他来自外乡，从体形到信仰都与本地的主流格格不入。“外乡人”形象在阿乙的小说中多次出现，如“汉友”。另外，在阿乙的《早上九点叫醒我》第二十九章，艾宏梁梦里提到在范镇引诱伊莲的男子，“代表一种外来的生活方式”“他是外地人”。这些外乡人就是本地人的“他者”，是本地人恐惧的来源，他们的存在构成乡村愚昧心理的一部分。

老贼也是垂死的老年人，他们都像姑爹一样面临人生的最后的思考。长寿是一种向往，但是对于百岁老人来说，生活变得孤独、隔阂，还有身体衰老带来的痛苦，是被“虫蛀”的残躯。如果不是老贼，姑爹能够平静以待死亡的降临。而老贼，他把自己变成神，通过长指甲夺取孩子的生命维系乡民对自己的敬畏。

小说也反映乡村农民的野蛮和愚昧，一种群众性的集体的暴力狂欢。一方面，他们抓住老贼之后，对之施以令人发指的酷刑，透出人类野性的一面。另一方面，乡民捕鱼的情景是人们对动物暴力的狂欢。在对老贼和对捕鱼的两厢共振下，读者感到惊悚。这不是人与自然的和谐，而是涸泽而渔、物种灭绝式的掠夺，充斥着扭曲的、变态的暴力。作家将自然生态的问题与村民精神生态的问题结合在一起，从这个角度看，阿乙的小说含有生态主义的思想。

3. 情史失踪者——来自朋友的一个浅薄的梦

叙述者“我”讲述的是自己梦中的一个故事。梦中的“我”叫小牛，三十多岁，已经是大龄青年，仍然单身。小牛在KTV认识了丁洁妮。当时小牛因为对某明星的不当评论得罪了身边的女友，急需女性慰藉之时，丁洁妮做了他忠实的听众，小牛由此获得了一定的满足。

2012年8月8日，楼上掉下一块岩石，惊吓到了丁洁妮，她从此卧床不起等待死亡，在死亡前把小牛作为自己的暗恋对象，并把与小牛结婚视为最后的愿望。正是这个愿望，促使丁洁妮的父亲及家人、亲戚使用非法手段绑架小牛，强行要他们结婚。在这一进程中，小牛的父母及丁洁妮的亲朋好友都参与进来，集体剥夺小牛的人身自由和自由婚恋的权利。故事反映集体的暴力对个体的伤害，是个体在婚恋时期感情迟迟得不到确立而生出的噩梦，是对婚恋恐惧的反映。

小说的最后一句“我从梦中完全醒了过来”是个双关语。字面意思是小牛从自己的梦中醒过来，隐含的意义则体现在小牛对婚姻的觉醒。小牛作为大龄青年，父母亲都七十岁上下，自己也处在亲朋关注的中心。个人的婚姻变成集体对个人的一种强迫。集体对个体不惜违法犯罪也要完成所谓的关心，这是集体对个体的“施刑”和“镇压”，是个体真正的恶梦。小牛最终领悟了集体的残忍和野蛮，完成了个人认识的升华。

小牛的梦醒与作者阿乙的梦醒是一致的。当年阿乙暗恋F女友痛失八年光阴，后来在另一位暗恋他的女友身上明白了过去那段阴暗的历史，顿悟爱情的真谛。“暗恋”在阿乙的真实生活中和阿乙虚构的小说中得到相互印证，构成互文性的审美张力。而阿乙后来没有成家，多次遭到父亲的催逼，他甚至感到愤怒，这篇小说也是作者潜意识对婚姻的一种恐惧的反映。

4. 作家的敌人

这部小说以第三人称叙述，小说的题目“作家的敌人”具有多层含义：作家出不了优秀作品与作家的个人品质和社会环境有很大关联，像陈白驹这样堕落的作家后来注定生产不出优秀的小说。从这个意义看，作家的敌人是他自身，自己能否保持创新的本色，不被物欲所毁灭是关键。

阿乙是一位严肃的、艰苦的作家，有着对纯文学的崇拜和献身精神。他用生命书写这个世界。今天的知识分子从陈白驹身上都或多或少地发现自己的影子，作家们对年轻人爆发出的才情所表现的惊惧和嫉妒，对于自我无声中的苛责和忏悔，让那些文学的虚伪者感到汗颜。笔者认为这部小说是阿乙最优秀的作品之一。

从《作家的敌人》可以看到阿乙深受卡夫卡的影响，这部小说有对卡夫卡《饥饿艺术家》[1]的实验痕迹。两部小说都展示了艺术家为艺术而献身的崇高形象，都表现了艺术家不被周围理解的异化的冷酷的处境。两位艺术家都在寻找自己的精神归宿，并坚定信念为艺术献出生命。站在饥饿艺术家对立面上的是观看他表演的群众，他们展现了一个异化的世界，荒诞而又冷酷。《作家

---

❶ 卡夫卡．卡夫卡小说全集［M］．韩瑞祥，等，译．北京：人民文学出版社，2013：101–109.

的敌人》中也有同样的结构，真正的伟大的作家却不得不面对一批虚伪平庸之辈，最后泣血而亡。从阿乙作品中可以看到悖谬的叙事，细节的真实与整体的荒诞。

5. 忘川

《忘川》是一则复仇的寓言故事。阿乙让读者经历了一个从模糊到清晰的认知，这种叙事结构类似《鸟 看见我了》，作者通过控制不同人物的视角慢慢描绘出故事的全景图。这是阿乙在小说叙事方法上的创新。

6. 虎狼[1]（参见《鸟 看见我了》）

7. 永生之城

这是一部犯罪悬疑小说。整篇小说都反复出现这些镜头：李伟激动不安，李伟去理发，李伟和服务员偷情，李伟被捕，案件的呈现有一种碎片化的感觉。

李伟是生活在父亲阴影下的儿子，他与父亲及爷爷都有剪报的爱好，而且剪报的方式都一样的。李伟完全继承家族的剪报传统，但是毫无意义，纯粹是“杀时间”。不问内容随便来剪报，这纯粹是为了讨父亲开心，因为只有在做这件事时，李伟才不会被父亲指斥。作为一名中年男子不被父亲尊重，这是耻辱。李伟作案并没有给警方留下确切的证据。

法国文学批评家罗兰·巴特的作品《文本的愉悦》（*The Pleasure of the Text*）、《罗兰·巴特自述》（*Roland Barthes by Roland*

[1] 阿乙 . 鸟 看见我了［M］. 北京：北京十月文艺出版社，2014：257–303.

Barthes）、《恋人絮语》（*A Lover's Discourse: Fragment*）彻底抛弃了那种按部就班、逻辑严密的传统写法，采取片段式的表述方式，并且以字母的顺序加以排列。这些任意的排列，消解了故事的完整性，以及线性时间和因果逻辑，打破了读者的期待。阿乙的这部小说表现了后现代叙事的实验痕迹，可以随意拼接、游戏。

8. 对人世的怀念

《对人世的怀念》不同于别的谋杀、死亡、阴暗的小说，小说以第一人称叙述了“我”的爷爷、堂叔和自己，人物颇具喜剧色彩，洋溢着黑色幽默。

这篇回忆还写到独特的阮家堰，这地方是世界的尽头，没有人愿意来到这个地方生活。可是这个地方有三户人家，都是被周围的环境所驱逐的边缘人。汉友作为外来入侵者被当地排斥，也是乡村落后文化的一部分。

“我”望着这个世界的边缘，想到他的堂兄老细哥，一位前中学教师。堂兄老细哥跟《肥鸭》中的细老张的原型是否是同一个人，还有待考证。两个人物有共同点，都是中学老师；他们的名字中都有“老细”“细老”。“细”强调人的性格，是地方方言，“细妹”即“阿妹”，是亲切的称呼。在人姓名中插入“老”是乡村惯用法，由“张”到“哥”阿乙逐步清晰地暗示这个人物的前后关联。阿乙的这部小说集以细老张开始，以老细哥结尾，前者是恨，后者是爱，如果是怀念同一个人物的原型，就构成前后呼应，表达一个游子对家乡的爱恨情结，契合阿乙整个作品体系的气质，这将极大地增强这部小说集的聚合力。

第十部 《五百万汉字》[1]

《五百万汉字》这部小说包括 12 部中短篇小说:《信使》是一篇关于邮差的传奇故事;《五百万汉字》是间谍故事;《巴赫》是男子背叛女子的爱情悲剧;《阁楼》是女子背叛男子的爱情悲剧;《极端岁月》是同性恋报复社会的恐怖故事;《意外杀人事件》是愚人遭到羞辱报复社会的故事;《小人》是小人害人的故事;《鸟 看见我了》是侦探小说;《虫蛀的外乡人》是乡村虐待异教徒的故事;《忘川》是复仇的故事;《作家的敌人》是艺术家献身的故事;《春天》是关于男人背叛的悲剧。这 12 部小说除《信使》《忘川》《作家的敌人》之外都涉及侦探小说的元素，但是 12 部小说都含有死亡的主题叙事。因为这些小说前面已经被收录，这里不再评论。

1.《信使》这个短篇原来叫《春天》[2]

2.《五百万汉字》[3]

3.《巴赫》[4]

4.《阁楼》[5]

5.《极端岁月》[6]

---

❶ 阿乙 . 五百万汉字［M］. 北京：人民文学出版社，2017.

❷ 阿乙 . 灰故事［M］. 重庆：重庆大学出版社，2012：267–278.

❸ 阿乙 . 灰故事［M］. 重庆：重庆大学出版社，2012：279–287.

❹ 阿乙 . 鸟 看见我了［M］. 北京：北京十月文艺出版社，2014：177–220.

❺ 阿乙 . 春天在哪里［M］. 北京：中国华侨出版社，2013：1–22.

❻ 阿乙 . 灰故事［M］. 重庆：重庆大学出版社，2012：7–86.

6.《意外杀人事件》[1]

7.《小人》[2]

8.《鸟 看见我了》[3]

9.《虫蛀的外乡人》[4]

10.《忘川》[5]

11.《作家的敌人》[6]

12.《春天》[7]

第十一部 《早上九点叫醒我》[8]

《早》是阿乙诠释《寡人》中提出的观点，“昏睡是一个悲痛的魔幻”（2009 年 12 月 31 日）。从一场突然降临的“死亡”写起，小镇流氓头子艾宏阳前一个夏日的晚上在寿宴上喝醉，请情人翌日早上九点钟唤他起床。但是在身边各种力量的左右下，他再也没有醒来。众人在各自利益的驱使下，不到两天就为他操办了一场荒唐的葬礼，这也是乡村最后一个传统的土葬。小说描写了城镇化浪潮中乡村的巨变，一个地方的风云人物盛极而衰、意

❶ 阿乙 . 鸟 看见我了［M］. 北京：北京十月文艺出版社，2014：1–60.

❷ 阿乙 . 鸟 看见我了［M］. 北京：北京十月文艺出版社，2014：61–76.

❸ 阿乙 . 鸟 看见我了［M］. 北京：北京十月文艺出版社，2014：151–176.

❹ 阿乙 . 情史失踪者［M］. 南京：译林出版社，2016：27–46.

❺ 阿乙 . 情史失踪者［M］. 南京：译林出版社，2016：96–111.

❻ 阿乙 . 情史失踪者［M］. 南京：译林出版社，2016：73–95.

❼ 阿乙 . 春天在哪里［M］. 北京：中国华侨出版社，2013：85–172.

❽ 阿乙 . 早上九点钟叫醒我［M］. 南京：译林出版社，2018.

外死于非命的故事。作品充满黑暗、阴郁、恐怖的色调，展示了生活的现实和人性的复杂，里面悲剧性的人物展现了极端的绝望情境，透露出他们的耻辱、愤怒与无奈。

有一首脍炙人口的歌曲《九月结束时唤醒我》(*Wake Me Up When September Ends*)。而这本《早上九点叫醒我》与文坛大师博尔赫斯有关。阿乙读过一本博尔赫斯的访谈。博尔赫斯曾表示，他准备写一篇短篇小说，题目叫《早上九点叫醒我》。阿乙没有发现这部小说，但是以此为灵感，就以该名作为自己的第一部长篇小说的书名。这部小说再次以文学的方式表达了阿乙对死亡的体验和怨愤，继续阿乙持之以恒的死亡主题、存在主义主题的探究。

匈牙利语翻译家余泽民说，有的作家宁愿用黑暗来展示艺术。阿乙的小说含有悬疑、侦探、非虚构小说的元素。他的小说适合欧洲人的阅读经验，讲述一个过程时，体会很多人生故事。南京师范大学文学院教授何平也对阿乙的小说给予了较高的评价。

2012 年年底，阿乙开始着手写这部长篇小说，他性格天生叛逆、焦躁，一两年后初稿才写完。阿乙有完美主义倾向和强迫症，他常在黑夜里写作，长时间思考自己的作品，奋笔疾书，有时候感到不满意，又删掉重写，他很认同这种写作方式。五年之后，这部小说面世。在写这部小说的过程中，阿乙生了一场重病。他是把它当作自己的最后一部小说来写的，可谓呕心沥血之作。

小说最初的名字是《有人吗？》。阿乙带着黑色幽默说，请想象在一个幽闭的黑暗空间，有人在里面绝望地敲打、喊叫：“有人吗？有人吗？”在《阳光猛烈，万物显形·幽闭》[1]中阿乙描写过着这样的“黑暗、无奈和愤怒”。他甚至已经想好英译版的书名——《HELLO》。“人们总是喜欢为自己树立雕像，但他（艾宏阳）活着是供人敬仰的偶像，死后权威却轰然坍塌。这些是上帝对他这样的人的惩罚。”阿乙注重这个偶像倒塌的仪式感，小说再现了这个乡村黑社会老大的社会网络，全面展示了以这个黑社会老大为核心的众多人物在非常事件之时暴露的人性的晦暗。

为了增强故事的恐怖性，阿乙继承了爱伦·坡的艺术风格，追求单一的效果，通过不同的故事表达死亡的恐怖的主题，形成共振关系。第一章第一段括号里，全知叙述还使用集体型第一人称叙述者“我们”来指我们每个人，从叙述者虚无主义的口吻可以推测那个仿宋字“我”是艾宏梁，人物都经历“人生最难度过的时刻”，每个人物在非常事件之下都表现出自己真实的一面。集体型叙述者“我们”是艾湾人，在艾宏阳的悲剧人生中是作为共谋的存在。第一章到第十二章是第三人称全知叙述，由艾宏梁向外甥许佑生讲述艾宏阳的传奇人生，其间许佑生目睹丧葬的准备过程。第十二章承接前一章，深夜艾宏梁向许佑生讲述自己经历的第一次惊心动魄的谈话。

第十三章到第二十二章、第二十四章完全是飞眼的第一人称叙述。这部分飞眼讲述了他与艾宏阳的交往及与鱼勾捏的惊天连环案。第二十三章以第三人称全知叙述，艾宏梁口述。第二十四章飞眼叙述由于鱼勾捏的手机暴露行迹，他们在丕州逃亡的惊险经历。第二十五章的大部分是飞眼的叙述，第三人称全知叙述中

[1] 阿乙．阳光猛烈，万物显形［M］．北京：北京十月文艺出版社，2015：311-313.

艾宏梁道出飞眼离不开鱼勾捏的原因：控制欲。第二十六章有部分是第三人称全知叙述，艾宏梁道出艾宏阳出卖飞眼的原因——飞眼出卖自己的女人无异于出卖自己。艾宏梁的故事讲到艾宏阳送走飞眼时，小说当下时间已经是凌晨四点多。

第二十七章第三人称全知叙述，只有两句，是许佑生与艾宏梁的对话。艾宏梁印象最深的一句话就是赵中南说自己感到“纠结”。第二十八章，主体是第三人称全知叙述，艾宏梁叙述同乡赵中男的变化。而艾宏梁的叙述部分有一段纯意识流，揭示飞眼陷入精神偏执的状态，近乎崩溃。他想知道谁出卖了他，但是赵中男坚持到最后都没有告诉他，这就是赵中男在前一章中提到的“纠结”。这是一段跌宕起伏、恐怖不堪的历程，伴随着夜色走向高潮。

第二十九章第三人称全知叙述。这一章从“你应该问：可我们不就是渴望这样的女人吗？”到本章结束，独立成篇，构成阿乙另一短篇小说《胆怯者》[1]的主体。阿乙定性艾宏梁就是一位“胆怯者”，内心极度自卑、敏感、多疑，最终亲手葬送了自己与伊莲的爱情。他经常对着吊灯饮着白兰地，听着 Fleetwood Mac 乐队的歌曲，反复听着这首歌，在灯光下写始终不发出去的情书。

第三十章到第三十八章仍是第三人称全知叙述。整部小说是关于“死亡”的，阿乙把艾宏阳被集体活葬的“死亡”跟飞眼屠戮的死亡交织在一起，同步叙述，通过颓丧的艾宏梁之口讲述给慵懒的许佑生听，夜色越来越深，在环境的衬托下，恐怖氛围步步加深，达到爱伦·坡所追求的“单一的效果”。

---

[1] 阿丁．孤独的调频［M］．北京：作家出版社，2015：2–10.

申丹把叙事视角分为四种类型[1]：一是零视角（即传统的全知叙述）；二是内视角（叙述者仅说出某个人物知道的情况，如第一人称主人公叙述中的“我”正在经历事件时的眼光；第一人称见证人叙述中观察位置处于故事中心的“我”正在经历事件时的眼光）；三是第一人称外视角（第一人称回顾性叙述中叙述者“我”追忆往事的眼光和第一人称见证人叙述中观察位置处于故事边缘的“我”的眼光）；四是第三人称外视角（叙述者所说的比人物所知的少）。

整部小说是第三人称全知叙述，属于有限全知视角或外视角，叙述者所说的少于人物所知道的。对于飞眼第一人称叙述这部分，占小说近一半篇幅，叙事学上把它归入“视角越界”[2]现象。叙述者逾越第一人称外视角的边界，侵入了全知视角。这位不在场的叙述者以目击者的身份对所发生的事开始展示性的描述。以目击者的眼光直接展示自己不在场的事件是全知视角，因为第一人称外聚焦无法享受目击自己不在场的事件的特权。艾宏梁的故事是第三人称全知叙述者叙述的，飞眼的故事是艾宏梁叙述的，艾宏梁的直接引语就是第一人称外聚焦，他是看不到飞眼的经历的。为了再现故事的恐怖性，小说中艾宏梁的视角入侵飞眼的视角，以飞眼跳出来第一人称叙述，以人物飞眼内聚焦的方式展示那段故事。小说结局要达到“震惊”的效果，全知叙述必须受到限制，叙述手法与小说主题的高度吻合，增强了故事的张力和恐怖的效果。

---

❶ 申丹. 叙述学与小说文体学研究［M］. 北京：北京大学出版社，1998：203.

❷ 申丹. 叙述学与小说文体学研究［M］. 北京：北京大学出版社，1998：251.

阿乙在小说排版中用了宋体和仿宋两种字体，第三人称叙述和人物的当下叙述用宋体表示。用仿宋体主要有四种情况。

第一，表示人物的内心活动，例如第一章艾宏阳“死”后金艳想艾氏家族对她可能的审讯。

他们会问：

你都给他喂了什么；

好好的怎么会死，你说清楚；

你是不是下毒了。

至少也是：

你这虚荣心重的女人就知道玩就知道打扮，你怎么连一个人都照顾不了哇；

你有给他盖过一床毯子吗；

请问。

第二，表示人物的自言自语，周围别人未必听到。

要不是 / 看你 / 也是 / 屋里（自己）人

第三，表示特殊的书面文字，如祝老师为艾宏阳书写的挽联，也是汪精卫写给自己的挽联。

纵有前人尝滋味

谅无后人继春秋

第四，表示人物第一人称对过去发生事件的闪回，在小说中主要有两位人物，艾宏梁和许佑生。例如，第六章开始第三人称全知叙述提到艾宏梁和许佑生目击了艾政通和艾政达两个家族在艾宏阳“尸体”前打斗的场景。他们舅甥两人回到艾宏阳家二楼，谈到过去，艾宏梁以第一人称叙述经历的故事，用引号标识。艾宏梁批判两家的无耻，当艾宏梁忙于手头活计停止说话时，这时许佑生以第一人称视角叙述他之前的见闻，用仿宋体标识：

你当时大声说：如果说过去只有一人应该感到羞耻，那么现在，你们两边都应该感到羞耻。许佑生看着舅舅，后者正在弄DVD与功放。“妈的，线全接错了，有好机子不会用。”宏梁说。你被两个缠斗在一起的后辈同时撞倒，一屁股坐在地上，平光眼镜跌落于鼻尖之上，一脸茫然。……

作为小说的中心人物，艾宏阳在小说中并没有自己的直接叙述，读者看到的都是他人叙述下的艾宏阳。阿乙应用第三人称叙述，从众多人物的叙述中建构不同的主人公艾宏阳，这也从叙述形式上揭示了主人公艾宏阳命运的悲剧性，他失去了自己在文本叙述中的话语权，成为话语下的碎片。叙述的不可靠性形成艾宏阳人物形象的张力，需要读者的参与、建构。

在艾湾，艾宏阳的堂兄艾宏术是一个代表，一面旗帜，他的情感反映的是进城的农民精神家园丧失后的悲怆。他为人诚实、遵守规则、脾气暴躁。这个人物的原型是阿乙去世的父亲。阿乙的父亲生前中风后腿脚不灵便，耻辱地活着。艾宏术每天都这样生不如死，每况愈下。乡亲们都能看见他内心对自己行将衰亡的焦躁、愤怒和无奈。

小说里这些艾宏术的细节描写都是阿乙父亲晚年病症的真实反映，在他的随笔中都有记录。在艾宏阳葬礼的当天，因为腿脚不便，艾宏术被雷电击中就变得自然。这次雷击标识一个时代的结束，让村民看到一个不安的过去，他两个月后死在县城。

艾宏阳时代结束，堂弟艾宏彬接棒，但是艾宏彬能够像艾宏阳一样重建艾湾的地方势力吗？显然不行，在艾宏阳的葬礼上，家族内部的对立、纷争就已经宣告没有人可以像艾宏阳一样获得一致的推崇，艾宏阳后的时代必定是分崩离析的，艾宏阳带走的还有乡村残存的一点“忠孝节义”。而艾宏彬在艾宏阳葬礼日的夜里做了噩梦，他被艾宏阳体罚，信念发生坍塌，“这世上根本没有什么忠诚可言”。艾宏阳活着的时候，副镇长何东明不敢无视他的存在，而现在何东明公开声称不认识艾宏彬，也标志他从艾宏阳那里继承的权威彻底丧失。

艾宏梁代表的是农村的知识分子，他的原型是阿乙自己，他的许多细节都是阿乙自身的生活情景。艾宏梁的叙述有他的不可靠性，叙述的不可靠性带来文本的张力。第三章里，作为许佑生的舅舅，艾宏梁向许佑生讲述艾宏阳“只服软过一次”，是“第一次也是最后一次”。但从后文得知艾宏阳对劳教所教官有所屈服，还服过软。

许佑生是进城的“农二代”的代表。作为年轻一代，他在经历艾湾的葬礼之后，人生变得不再真实。“他感到光明里起了霉斑，他走向艾湾就如在逐渐加重的暮色里走向世界的尽头。阿乙在他的作品里反复说道自己的家乡是世界的尽头。艾宏梁作为长辈，自己穷困潦倒，没有什么指望。他期待许佑生能够继续这个家族的故事，让他记住家族的历史。但是艾宏梁把自己虚无主义的价值观传给了许佑生。

小说中的主角艾宏阳，也是农村成功农民的代表，却是反面教材，他是流氓团伙的头目。艾宏阳按族谱，应该是艾宏杨。是艾湾艾政退之子，又污秽又残暴，1.77 米身高，终年 44 岁。他为镇上的商户提供保护伞，收取保护费；帮商户拿执照、收费。

作为当地黑社会的头领，他是当地最为显赫的人物之一。他平时在村民眼里是充满神秘色彩的，村民对他知之甚少，这就为他悲剧的命运埋下伏笔。

在小说中，艾宏阳活着的故事是艾宏梁讲述给奉命回乡拜祭的外甥许佑生听的。公家人逮捕艾宏阳失败，落荒而逃，只有内勤落在后面被村民俘获。这段细节在阿乙的小说中多次重复，也是阿乙的亲身经历。这些故事揭示了艾宏阳貌似传奇的一生，其实是屈辱的一生。

小说突出了艾宏阳的死是集体导致的。那日晚寿宴，宏阳喝了 72 度五粮液原浆酒，先是陪喝，喝醉之后又接受村民的敬酒，大家明知道他喝不了这么多的酒，还是让他喝。除了情妇金艳之外，没有一个人上前劝酒，在发现没气之后，亲属并没有让医生确认艾宏阳的死亡，而是自行宣布死亡，进入快速土葬的程序。艾宏彬土葬艾宏阳的依据就是众所周知的艾宏阳生前的“遗嘱”：死后一定要把他土葬。

艾宏阳对死亡的恐惧文中早就提到。水枝说艾宏阳他们在一起生活时，艾宏阳说得最多的是“死东西滚”“滚，死东西”。水枝的故事是第三人称叙述，未必就是可靠的。但叙述者搬出这个故事就是强化艾宏阳宿命的一生，以麻痹村民对艾宏阳是否死亡的质疑。第三人称叙述暗示艾宏阳的生命中似乎有种魔咒，处在死亡的威胁之下，不得安生，而陈望凯事件最终催化了他的毁灭，这为“活葬”艾宏阳披上了一层合法的外衣。

有艾宏阳的生前要求，艾宏彬、木香、水枝就光明正大地办起土葬葬礼。每一个人看似要表达对死者尊敬、感激和爱戴，实际上是集体把艾宏阳给活埋。每一个“仁义恩德”“光明堂正”的背后，都看到自私的个人因子在起着作用。在艾宏阳走向死亡的道路上，他本有生存的希望。第六章艾政通、艾政达两兄弟打斗的时候，艾施堂看到艾宏阳的嘴角猛然抽搐，但是在两万元的“遗产”面前，他不能揭露真相，只能当场磕头以安抚内心的恐惧。第七章水枝问艾宏彬几时封印，艾宏彬说等道士饭后开始。艾宏彬等不及就给漆匠一包烟就算提前刷完。艾宏彬、艾宏梁、许佑生和漆匠将棺材抬出来，艾宏梁说艾宏彬太急了。他们重置遗像和三牲祭品。尸体的脑袋歪得更深，艾宏梁去扶发现还有一点弹性。艾宏彬探探死者的鼻下，说“死绝了”。这都显示还不能断定艾宏阳死了，如果艾宏梁坚持一下自己的主张可以改写艾宏阳的命运。但是艾宏梁当时处在心不在焉的状态，沉浸在失恋的痛苦中，对当时的艾宏阳并无好感。而艾宏彬则更是有意无意地想趁早把艾宏阳送进坟墓，自己就成为艾宏阳权力的直接承继者。

在艾宏阳被放入棺材后，棺材板不厚，楔子本也不怎么结实，凭着艾宏阳的伟力，一旦醒了还有可能获得生机。但是来了一个福忠（谐音“福终”，倒过来就是“终福”，“终结艾宏阳的幸福”），他是艾宏阳一手帮扶起来发家致富的，对艾宏阳感恩戴德。为了表达自己的感激，他把艾宏阳的棺材钉得更死，并且加了铰链。八仙在抬着棺材上坳子时出现撂挑子，棺材栽下去，因为棺材钉得太结实，棺材没有散架，这线生机被福忠扼杀。在艾宏阳棺材下了坟坑后，福忠把他坟墓上的泥土拍得比岩石还要坚硬，断送了艾宏阳从棺材里逃生的最后一线希望。这条生的希望是被自己所救的人堵死的，艾宏阳积下的德却成为自己的断头铡，显示了艾宏阳命运荒诞的一面。福忠终结艾宏阳逃生的最后希望，象征艾宏阳所谓的成功即是失败、孤独，世界上没有人真正关心他、在意他，而感恩于他的人反而造成了他的悲剧。

在封印前，因人多嘈杂，缺乏协调，一包白石灰落地，室内变成面粉厂，这个时候还飞进一只红绳子绑住腿的大公鸡，场面一度混乱。这里的寓意指向人物的恐惧，毕竟把一个未死之人草草封棺其实就是谋杀。这时候白色的石灰落到所有人，包括艾宏阳的身上就具有仪式感，他们在土葬自己的亲人的时候，也埋葬了自己的人性。而那只大公鸡则象征性地表达了他们的心情，"极为惶恐"，并与整个故事形成另一条线索，即对"活葬"蔓延的恐惧。

这是乡村的最后一个葬礼，阿乙描写了当地丧葬的民俗和民风，展示了民俗文化的美学意义。这样的仪式原本是要表达村民对自然的虔敬，对自然神秘和恐惧的消解，但是在艾湾上演的葬礼，是一首挽歌，乡村的民风顿失，仪式变得荒诞可笑，罪恶肆虐。

阿乙对乡村的描写不仅有经济的滞后和文化的庸俗，还有作为人类精神寄托的乡村，美好的人性、温暖的人情和优美的山水的今非昔比，这与作家哲学上的生命反思、文化上的道德追问是契合在一起的，其以审丑的美学方式展示了作家的大地情怀。

结　语

阿乙是有思想的作家，察觉到深藏在生活逻辑当中的荒谬，在作品中展现了在家乡的见闻。他带着丰富的家乡体验来到文学殿堂的大门前，写尽人间的无奈和虚空。正如西格蒙德·弗洛伊德所说文学创作的动力来自于未被满足的愿望，文学的功能就是使人释放那些被压抑的本能。正是因为阿乙无法理解当时的现实，加之自己的爱情挫折、身边的单调和抑郁，他就拼命地书写，把自己的所思所想付诸笔端。写着写着，他知道他必须离开家乡，他想到外面看看。文学需要交流和碰撞，走出去后他就懂了现在和过去。用如此非凡的经历和文字，他要探索的是这个世界的终极哲学命题，而没有人给他答案，也不会有这样一个答案。它需要作家亲自登门造访，当顿悟天籁之时，人生已近终点。

文学本质上是一种“反叛”，不可以落入前人的窠臼，不可被情感所绑架，必须“出走”寻找失落的“乡愁”，在流浪中修复破碎的心灵，在梦幻中创造一个自己的世界，在现实中安顿一种沉淀的激情。当一位作家在书写自己的人生和社会之后，他来追问文学的存在，他所提出的问题当然是别人无法回答的，因为真正的作家必须是“虽千万人吾独矣”。

意识流的文学表达方式自诞生以来，无数的作家都应用这一划时代的技巧，但是有多少作家能够实现创新？阿乙给出了他自己的答案。读者在看阿乙的小说时，需要仔细辨别叙述者的变化，这些复杂的设置就是作家在文学中的自觉应用，带有福克纳的难题。

阿乙的叙述总是别具一格，在侦探小说的题材上，阿乙是“拿来主义”，借用侦探小说的元素补充到自己的小说当中，使自己的作品多侧面地呈现当代的风貌。读者在他的小说中经常看到警察、杀戮等，使侦探小说的技术分析在解读阿乙作品中成为一个重要的维度。这种侦探小说的元素必须结合现代主义文学的特征加以分析，其中可以看到阿乙作品所具有的后现代文学的痕迹。读者对案件的分析已经超出案件本身，或者说案件本身不再重要，把读者推向对案件背后的宏大社会、存在机制和复杂人性的分析。但这一分析使深度消失了，没有过去法庭审判的神圣和崇高，没有过去案件解密的理性和智性的快感，丢给读者的是个体的思索和惊悚，在不确定中处在一个无解的状态。

文学中魔幻现实主义手法繁荣于拉美，中国读者对其也比较熟悉。在阿乙的作品中，读者会经常看到梦的呈现，以梦为形式的文学是阿乙文学的一个重要特征。在急剧变化的时代，一个个体的悲剧带来的是集体的不安，这些个体的孤独和隔阂、暴戾和野蛮都与周围的环境息息相关。这种集体的无意识才是个体晦暗的一个源头，只有把这种意识放置到聚光灯下，大家才会看清原委，才能引起深层次的梦醒。阿乙的魔幻是冰冷的，但是不得不说是现实主义的文学，因为这些魔幻直接抵达现实的荒诞和残酷，任何美妙、乐观的情绪被扫荡一空，读者由此接受深刻的心灵震撼。

现代文学的一个重要特征就是展示工业文明下人性的异化。阿乙也探究这一类问题，有现代化工业的快速发展，有权力、欲望的无限膨胀，有艰苦环境带来的愚昧和暴虐，还有几千年来的文化传统。在这样一个生态系统里，冲突与失衡都会在最基层的乡村的个体身上反映出来。阿乙表达的是另一种声音，他通过精致细腻的刻画和深入骨髓的悲凉，用图满灰色的画面来展示自己的内心，并且写尽人的天性中某种本质上的荒诞的东西，以及人力无法将其驱除的东西。

阿乙的作品让读者震撼的一个重要原因就是阿乙的真诚。阿乙以自己弱小的一己之力再现了他的家乡瑞昌县的一个侧面，更准确地说是家乡的山村。那里的一山一水和人们的心理状态传递出人们的声音。作家的使命就是用自己的视角再现自己的时代，这是无可替代的文字。一个作家走过的历史就是那个历史的影像，它具有社会的、文学的价值。在价值面前，无论美丑都是那段历史的维度，都是存在的侧面，正如时空一样，都是事物的存在方式，从丑的侧面可以认识事物的某个真相或触及某个真理。阿乙以一个作家的敏锐和感悟展现了这个时代的家乡，读者全面鸟瞰这个地方，走进乡民的心理层面，直接面对这一现实，这是阿乙最为成功的地方。文学就是一种特殊的虚构，是当时社会风貌的一面镜子，作家所展示的画面是不会随着历史的变化而改变的，是永存的历史。

艺术的一个重要价值在于再现生活，让世界体验这个生活的现实。艺术不仅再现生活，而且给我们以指引。从这个意义上说，艺术是我们生活的一本教科书，透过这本书我们可以接近这个世界，通过艺术家的视角我们可以寻觅到有价值的思想，为我们的社会提供参考。

艺术的本质是传递一种情感，把个体从混沌或痛苦当中解放出来，获得一种感染力。阿乙处在改革开放的历史大潮之中，亲历了这个社会的转型，其作品表现了对父辈背叛和反省的主题。

他在寻觅一种释放自身羞辱的方法，这是他在存在主义哲学的浸淫和启示下，浇灌他的艺术形式之美，用他的真诚来爱憎分明地再现芸芸众生。他从灵魂深处触及人的心灵，所雕镂的这个窗户也让后来文学看到了当代作家与众不同的一面。

在阅读阿乙作品之中，读者感到众多极端和肤浅的案例，它们远非我们在一般文学中所看到的能唤醒我们恻隐和安宁之心的内容，而是感觉经历了一个噩梦和炼狱之旅。我们仍然看到人类的自由还很遥远，生活的愉快远非发自内心，长久以来人类的浪漫和幻想遭到暂时的搁置，只有在理解之后才能绽放人类和平共居的美好愿景。在反复述叨的故事背后是作家满满的兄弟般的情谊和对人世的爱恋，而这不正是所有社会的精灵共同努力的理想家园么?

阿乙的作品深刻地反映了时代的变迁，作品的内容我们似曾相识。阿乙的世界没有歌颂，读者感受更多的是黑夜、疾病、死亡和神秘，他与时代的一切光明美好的观念大相径庭。透过阿乙的思想特点，我们可以观瞻影响作者的人生历程和他周围的气氛，我们可以更加清晰地体会这样一件件的艺术品，让我们重新审视一个时代的精神。

阿乙善于将精细的观察和丰富的想象力融合在一起，这种观察不仅来自作家的细腻触觉，而且来自他从警生活实践的锻炼。他的想象力丰富而又涌动，促成生活与艺术的相互转化，实现了思想与艺术的完美结合。阿乙在文学趣味上能够做到破旧立新，不拘时代的道德羁绊，敢于踏入与众不同的领地，为中国文学走向世界做出自己的努力。

阿乙的成功也扩大了严肃文学在我们现代社会的影响，尤其在网络文学铺天盖地的今天，能够达到较高水准，脱离庸俗趣味，以世界文学大师为镜鉴，实属不易。在阿乙的艺术世界，谋篇布局、人物刻画都展现了一位优秀小说家的精湛技能，但在心理描写上显得似乎不够深入。但是，我们从另一个角度来看，这种对心理描写的淡隐与存在主义的人物困境是一致的，是作家从技巧层面反映一部分现代人单调、平面的生存状态，并非作者缺少对生活的道德关怀。当然，读者在阅读的时候要明确存在主义者有他固有的弱点，即主体过度迷信自身，而过度的自我拔高是对自身无能的一种消极反应。

在科学技术和工业文明突飞猛进的今天，我们重新发现了艺术的神圣价值。艺术使我们恢复了对这个世界的完整认识，激活了自身的感官动能，并重新赋予这个世界以鲜活的生气。艺术会创造奇迹，尽管有时呈现的是怪诞的现实，但是这种颠覆传统美感的审丑艺术表现的也是真实。在一个物质上不够完美、生活仍然残缺的世界，表达这种否定性的情感力量也是艺术的使命，艺术的体验和交流会带来希望和信心。阿乙的历程就是这样的艺术流动，回应时代对个体的影响，使个体在艺术的家园里得到皈依。

有关阿乙作品的分析还有很多需要深入的地方，本书所给的四个维度还需要进一步梳理，阿乙与中国文学的关系在横向上还有待深入研究。阿乙作品的素材可以到阿乙的生活中去发掘，他的有些作品笔者仍然感到困惑，他敏锐而精准的语言描述值得仔细推敲，也许这就是阿乙的魅力所在吧。

后 记

这部书能够成形，要感谢我的老师刘珠还教授，正是与她的交流，我开始阅读阿乙的著作。在阅读阿乙的过程中，我深深地被阿乙所震撼。我与阿乙同处一个年代，是在类似的家庭中成长的乡村青年。阿乙生活在瑞昌的山区，而我生活在一个皖中的丘陵地带，同样是乡村，只是发展上有那么一点儿差距罢了。

阿乙到县城上中学，考上警校，暗恋一位女子；我上的也是县城高中，考上大学。我们都是同一年大学毕业，区别在于我们毕业后生活的环境不一样。阿乙去了世界的尽头，而我来到省城偏僻的一角，处在闹市之中，在经济和生活上不那么苦闷。我们的生活都是一样的，从当初的理想跌入现实的底层，在工作的最初几年都见证了各自生活环境的真实。阿乙一眼洞穿自己的人生，丢掉铁饭碗，选择逃离；而我选择继续读书改变命运。

阿乙在“流放”的都市生活中，进行大量的阅读，体味生活的凄风苦雨，在文学领域矢志不渝地走下去，用短短的时间写出了不少成功的著作。而我也洞穿了自己的人生轨迹，总是希望生活不应该是一幅单调的模板，应该有自己打拼的痕迹。我由于没有阿乙纯粹的理想，生活渐渐丢失了诗性的敏感，走向一种安然乐道的生活，在文学阅读中，显得漫不经心，难以企及应有的高度。在阅读阿乙的著作中，我看到了当初的理想没有飞起来的原因。阿乙带给我的不仅是文学的洗礼，还有生活的启迪。让我们每个人都能从阿乙身上看到自己的不足，需要不断矫正自己的方向，能够诗意地生活在这个星球之上。

大学毕业后的二十一年中，我有七年在教学，三年读研究生，后面又是近十一年教学。在外国文学的阅读方面，与阿乙相较自己感觉有巨大的差距。我落入了当今更多学人的轨道，在“科研”要求下，书越读越窄，走向枯萎。所以，这次回头研读阿乙的著作，看到了一个成功的青年作家，他独立地走出了一条自己的文学之路，富有启迪意义的道路。这条道路也是刘珠还教授曾经给我的教诲和鼓舞，即对文学的热爱和忠诚。我仍然记得读本科的时候到刘珠还教授家吃她做的虎皮青椒包肉，聊生活、谈人生，热泪盈眶。今天，我也是一名教师，我感到刘珠还教授作为老师的力量，终身在文学的阵地上，给学子提供了源源不断的火花和灵感。人世间，还有比这更美好的光芒吗？

当年读书的我一意孤行，寻求自己的道路。回首过去，师恩难忘。半生归来，感觉以刘珠还教授为代表的老师们思想纯粹、富有远见，而自己倒是浪费了不少宝贵的时间。人生的道路离不开良师益友，有了共同的理想和兴趣，生活当与众不同。最后，感谢知识产权出版社及本书的编辑老师，感谢他们的热情支持和辛勤付出，使本书得以出版。

吴胜利
2019 年 12 月 2 日